魔力チートな魔女になりました～創造魔法で気ままな異世界生活～ 3

アロハ座長

イラスト てつぶた

GC NOVELS

いつだって驚きの連続で
キミと過ごす日々は

全てが大切な
私の宝物――

魔力チートな魔女になりました
a Witch with Magical Cheat
創造魔法で気ままな異世界生活
3

目次

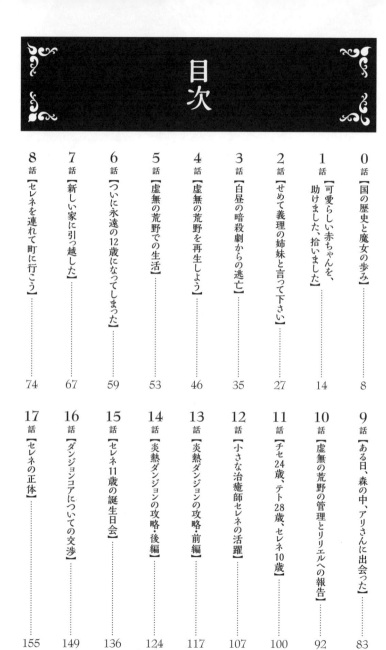

contents

0話【国の歴史と魔女の歩み】

「大御婆様？　魔女の大御婆様はいませんか？」

昼下がりの庭園——メイド長のベレッタが用意してくれたお茶とお菓子を楽しんでいると、一人の女の子が本や紙束を抱えながら、私を探していた。

「どうしたの？　そんなに慌てて……」

「もぐもぐっ……こっちに来て、一緒にお茶でも飲むのです！」

私とテトが東屋から手招きすれば、首に二つの古い指輪を通した鎖を掛けた女の子がこちらに気付き、小走りでやってくる。

そんな彼女を出迎えるために、傍に控えるメイド長のベレッタがそっと新しいお茶を用意してくれる。

「大御婆様、伺いたいことがあるのです！」

「質問？　いいけど、その大御婆様は、なんとかならない？」

「いえ、魔女の大御婆様は、大御婆様です！」

確かに私は、大御婆様と呼ばれるだけ生きている。

だが、明らかに私よりも外見年齢が年上の少女から言われるとちょっとした抵抗があったりもする。

「はぁ……まぁいいけど、用件は何かしら？」

「は、はい！　実は、私の家の歴史書や日誌を調べたら、大御婆様の事が書いてあったんです！」

「どれどれ……ああ、今から４００年くらい前の事ね。懐かしいわ」

そう言って話す女の子は、かつて私が助けて育てた義理の娘の子孫だ。

【虚無の荒野】と呼ばれていた当時は、まだ女神・リリエルの張った大結界が残っていた。

今では、女神の大結界が消滅して、【創造の魔女の森】と呼ばれている。

そして、義理の子どもや保護した人の子孫たちは、私の事を【魔女の大御婆様】などと呼んでいるのだ。

「この本には、ご先祖様が大御婆様のことを書き残しているんですけど、大御婆様の図書館にあるイスチェア王国の歴史書には、大御婆様の記述がないんです。その代わりに【黒聖女】と呼ばれる聖女の活躍や英雄譚が見つかるんです……」

「そう、それで？」

「でも、そんな【黒聖女】なんて呼ばれた人間は、当時の五大神教会に存在してないから明らかに嘘なんですよ！　それに【黒聖女】は、大御婆様と違って、黒髪ですけど、美しい聖母のような成熟した女性らしいですし！」

そう言って義理の娘の子孫は、胸の大きな女性とおぼしき表紙の本を掲げる。

私は、12歳で成長が止まった胸に手を当てて、深く深呼吸をする。

「魔女様、大丈夫なのですか？」

「ええ、大丈夫よ、テト。もう諦めがついてるから……」

私は何度か深呼吸を繰り返して、落ち着き、当時の事を知りに来た女の子を見つめ返す。

「あなたのお母さんやお祖母さん、曽お祖母さんも同じように自分のルーツについて調べていたわ」

「お母様たちが!?」

最初に私が育てた義娘《ぎじょう》の子孫たちが一度は、自分のご先祖様について調べることに懐かしみを感じる。

「そうね。最初に何から話せばいいのかしら？」

「魔女様、最初はこの場所の呼び名からなのですよ！」

私が女の子のルーツであるご先祖様について、何から話せばいいのか悩んでいると、テトが助言をくれる。

「そうね。この場所――【創造の魔女の森】の名の通り、私が【創造魔法】を使えるのは知っているわよね。――《クリエイション》！」

女の子の目の前で【創造魔法】を使い、創り出したお菓子を彼女に差し出す。

「はい。大御婆様は、この大陸では有名人ですからね」

「でもね。五百年前の私は、まだ今程力は無いから自分たちの身を守るために、力を隠して冒険者をしていたわ。面倒事に巻き込まれたり、権力者に狙われないようにね」

「そうだったんですか……」

「それで、そんな状況の中で拾った……いえ、託された赤ん坊が、あなたのご先祖様なのよ」

「可愛かったのですよ〜、お手々、ぷくぷくしていたのです！」

私とテトがそう言うと、彼女は真剣な表情で自身のご先祖様の話に聞き入る。

私みたいな年寄りの昔話は面白いのだろうか、などと思いながら、ご先祖様の話より先に、彼女が最初に気付いた疑問点の答えを語ろうと思う。

「歴史書は、時の権力者が作るわ。当時は【創造魔法】を知られたくない私と【創造魔法】が争いの火種になると考えた当時のイスチェア国王の利害が一致して、私の功績や存在なんかは【黒聖女】という架空の人物によって覆い隠されたの」

「……え、ええっ⁉　それじゃあ、大御婆様が【黒聖女】本人だったんですか⁉」

「その【黒聖女】の元ネタってやつね。その事実を知るためのご先祖様の昔話をしましょうか」

そう言って昼下がりの一時は、私とテトと——そして義娘のセレネとの昔話を語るのだった。

私が女神・リリエルによって転生させられた【虚無の荒野】に向かう途中、託された赤子を育て上げ、私が母親になった。

　これは、託された子どもを守るために戦い、守るために身を引いた、そんな親子の話だ。

a Witch with Magical Cheat
~ a Slowlife with Creative Magic in Another World ~ 3

1話【可愛らしい赤ちゃんを助けました、拾いました】

春先まで滞在したダンジョン都市から旅立った私とテトは、女神・リリエルに転生させられた場所である【虚無の荒野】を目指していた。

ダンジョン都市に向かった時は、寄り道していたために、目的地に辿り着くまでに一年近く時間が掛かった。

これまでの道のりを逆走する私とテトは、ダンジョン都市を旅立って二ヶ月で、初めて訪れた町であるダリルに近づいていた。

私のギルドカードに記された年齢は、既に14歳に変わっており、あの町から旅立ってもう二年近くになることを感慨深く感じる。

「魔女様、あとどれくらいで町に着くのですか?」

「そうね。地図によれば、徒歩一週間程度だけど、私たちの足だと三日ってところかな?」

寄り道の旅の間に作り上げた手描きの地図で確認すれば、目的地はもう間近であった。

そんな旅の中で私たちは、一つの厄介事に遭遇した。

「なに、この気配……」

「魔女様～、この先から血の臭いがするのです」

街道沿いを進んでいた私とテトは、近くの森の中から異臭と戦闘らしき魔力の気配を感じる。

「ただの盗賊がこんな怪しい魔力を持っているはずがない！　行くわよ、テト！」

「はい、なのです！」

私とテトが【魔力感知】で戦闘のあった場所に辿り着くと、何人もの人間が倒れていた。

「人間同士の戦闘……闘争かしら？」

手練れの人間たちが倒されており、私たちが来たことで怪しい魔力の気配が遠退くのを感じる。

ただ、その遠退く魔力がなんとなく嫌な感じ……そう、呪いの装備に纏わり付いていた魔力に似ているような気がした。

だが、考えるのを後にした私とテトは、傷ついた人を探す。

「大丈夫⁉　意識がある人はいる⁉」

私は、すぐさま広範囲に回復魔法の《エリア・ヒール》を使い、生命反応のある人を探す。

刃物や魔法、攻撃用の魔導具によって斬り裂かれた二つの勢力の人間たちは、激しい失血により地面に倒れて死んでいる。

まだ生きている人がいないか探していくと、少し離れたところに人の生命反応を感じた。

「テト、あっちに人が……」

「分かったのです」

私とテトが生命反応のする方に向かえば、一人の女性が何かを抱えて木の幹に背中を預けていた。

「はぁはぁ……誰、ですか」

「通りかかった旅の冒険者よ。今、治療するわ。――《ヒール》」

私が躊躇わずに回復魔法を使うが、女性は余計に苦しそうな声を上げて、吐血する。

吐血している様子から内臓をやられているようだ。

回復魔法の本質は、自己治癒能力を促進させることである。

あまりに失血し過ぎたり、本人に回復する力が残されていなければ、効果が薄い。

「はぁはぁ……私、は、もう無理です」

「諦めちゃだめよ。生きなさい」

私は声を掛けながら回復魔法を掛け続けるが、それは延命にしかならない。

女性は、緩く首を左右に振る。

「私も、回復魔法、使うからわかるわ。助からないことを……」

そう言って、女性が大事に抱える何かを私に差し出してくる。

「……でも、どうかセレネを、私の娘だけでも……」

私が受け取ったのは、おくるみに包まれたまだ一歳にも満たない赤ん坊だった。

「しっかりしなさい。あなたが生きて育てなさい」

私は、回復魔法を使い続ける。

だが、女性の腕から力が抜け、慌てて赤ん坊を支える。

そして、回復魔法を使っても返ってくる生命反応がなく、目から光が失われているのに気付いた。

「魔女様……もう死んでるのです」

「…………そう、遅かったのね」

私がぽつりと呟くと、自分を守っていた母親の死を感じ取ったのか、赤ん坊が泣き始めた。

異世界に転生して人が死ぬのに遭遇したのは初めてではないが、それでも切なさを覚える。

私がもっと早くに駆け付けていれば、助けることができた。

私の魔力量がもっと多ければ、伝説に存在する蘇生魔法も使えたかも知れない。

だが、全ては仮定の話だ。

「魔女様、大丈夫なのですか？」

「切ないわね。けど、大丈夫よ」

「おぎゃぁあっ、おぎゃぁぁっ！」

「大丈夫よ。大丈夫、泣かないで」

私は、母親の腕の中から赤ん坊を取り上げて、あやす。

「テト、この場を軽く整地してくれる？　死体を集めて、今晩はここで休みましょう」

人間同士の争いで死んだとしても、森の中に放置して魔物に食い荒らされるのは、流石に見過ごせない。

その場でテントを張り、赤ちゃんが寝付いたのを確認して、この周囲の死体や遺品を集める。

苦悶の表情を浮かべて倒れる死体に一人ずつ、丁寧に魔法を唱える。

「――《エンバーミング》《クリーン》」

死体を直す魔法――《エンバーミング》を使う。

生きている人には《ヒール》などの回復魔法が効き、死んでいる人には物体としての【修復魔法】が作用する。

教会が使う死化粧の魔法を使い、傷を塞ぎ、血や汚れを消していき、見開いた目に手を当てて、【創造魔法】で生み出した白い布に一人ずつ包んでいく。

「安らかな眠りを――」

ついこの間まで神など信じていなかったが、リリエルたち女神が彼らの魂を救済して、私と同じようにどこかに転生させてくれることを願う。

そうして、争っていた二つの勢力の人間の死化粧を終えて、マジックバッグに収納し、町の墓地に埋葬してもらおうと思う。

そんな死体の処理をした後、赤ん坊を守るようにしていた母親の遺品を確認する。

「これは銀？　いえ、ミスリルね」

教会の魔法書で習得した鑑定魔法で調べれば、ミスリルとユニコーンの角で作られた指輪であることが分かった。

その内側には、貴族らしき長い家名が刻まれていた。

「セレネ……セレネリールがこの子の名前かしら。これがあなたの母親の遺品ね。大事に取っておきましょう」

私が託された赤ん坊の掌に指輪を載せると、その指輪が仄かに光る。

私が持った時には効果を発揮しなかったが、赤ん坊が身に着けると病や毒を退ける効果を発揮する魔導具らしい。

「子どもを守るために貴重な物を残すなんて、本当に愛されていたのね」

私は、赤ん坊をあやしながら、体調に気を遣う。

襲撃されていた母親とその護衛たちは旅人に扮した姿をしていたが、旅人にしては小綺麗で、何よりマジックバッグを持っていて、その中には多くの物資が入っていた。

「どこかからお忍びで移動していた貴族かな？　それとも逃げ出した人？」

そう考えながら、セレネと呼ばれた赤ん坊のオムツが汚れていることに気付いた私は、テトに浴槽の用意を頼み、ぬるま湯に入れて綺麗にする。

その後、【創造魔法】で粉ミルクと哺乳瓶を創り出し、人肌くらいの温度に温めたミルクを作って飲ませる。

「もう、おねむなのね。寝て良いわ」

背中を優しく叩いてげっぷさせた後、【創造魔法】で着替えや紙オムツを創り出し、大きめの籠にタオルを敷いた即席ベッドに寝かせる。

「テト、私たちの食事の準備をするから、赤ちゃんを見ててね」

「わかったのです！　赤ちゃんを守るのです！」

私は、死体を片付けた後に残る血の臭いを風魔法で上空に散らし、いつもより強固な結界を張る。

「私たちの接近に気付いて襲撃者が逃げたのは、見られたら問題があったからかな？」

セレネを守る勢力と敵対する襲撃者らしき人たちの所持品の中に、組織を示すメダルのようなものがあった。

「とりあえず、重要な証拠ね」

そんなことを考えながら、食事の用意を終えると、テントにいるテトに声を掛ける。

「テト、夕飯ができたわよ」

「魔女様、お帰りなのです！　赤ちゃん、すやすや眠っているのです！」

「そうみたいね。けど、声が大きいからもう少し静かにして食事を済ませましょう」

「(わかったのです)」

私が注意すると、ひそひそ声になるテト。

そして赤ちゃんが気になるのか食事も掻き込むように食べたテトは、赤ちゃんの寝るテントに戻っていく。

「意外とテトは、赤ちゃんが気に入ったのね」

ダンジョン都市では、孤児院の子どもたちの面倒見がよかったのを覚えている。

そうして、私が食後の片付けをしてテントに戻れば、赤ちゃんの手を擽《くすぐ》るように人差し指を差し出すテトと、その指を無意識に掴んでいるセレネがいた。

「魔女様～」

「あ～、ばぁ～」

無理に引き抜くとセレネが泣きそうで、困惑するテトの様子に小さく笑う。

「ふふっ、楽しそうね。それじゃあ、これからの予定を相談しましょう。セレネのことなんだけど――」

「どうするのです？　このまま連れて行くのですか？」

「……ええ、連れて行って私たちで育てましょう」

私たちの目的地は、何も無い【虚無の荒野】だ。

そこにこんな赤ん坊を連れては行けない。

だが、これから向かうダリルの町の孤児院に預けたとして、セレネを襲った人たちに再度襲われる可能性もある。

「そうなのですか。それじゃあ、旅仲間なのです、よろしくなのです～」

「あー」

そう言って、赤ん坊に優しく語り掛けるテト。

本当は、赤ん坊を育てるのに適した場所に預けた方がいいと思う。

だが、私たちの目の前で母親が死に、子どもを託されたことに何か意味を感じる。

「さて、今日はここで休みましょう」

「分かったのです！」

予想外の足止めで私とテトは森の中で一夜を過ごす。

そして、赤ん坊の夜泣きで夜中に目を覚ますこともあったが、翌朝にはダリルの町を目指して出発する。

私の背中には、赤ん坊の抱っこ紐に括られたセレネが機嫌良さそうに足をバタつかせており、彼女の負担にならないように普通のペースで進む。

「あ～、ぶぅ～」

「綺麗な子よね。お母さん譲りの髪の毛で、瞳の色は父親かしら」

私にセレネを託した母親と同じ、黒にも見える深い緑色の髪に、明るい碧眼の赤ん坊だ。

それを見て、母親の遺髪くらいはセレネに残しておいて良いかもと思う。

「けど、何で母子が追われていたのかしら？　それも暗殺者みたいな相手に……」

相手が組織的に襲撃していたことを考えると、王侯貴族の政争の一幕か、政治的に生まれるべきではない子どもだったのかなどの考えが浮かぶ。

だが、それより気になるのが、あの怪しい魔力の気配であるが……

そんなことを考えていると、セレネが泣き始める。

「おぎゃ、おぎゃぁ〜」

「あ、はいはい。ご飯の時間ね。テト、準備しようか」

「はいなのです！」

私は、粉ミルクをセレネに飲ませて、ついでに紙オムツも汚れていたので、穿き替えさせる。

「日本のベビー用品、ホント便利。もし無かったら、母乳の出る人か代用品の山羊のミルクでも探さなきゃいけなかったかも」

そう思いながら、赤ちゃんが寝始めたことを確認してから、再び町を目指して歩き始めた。

そうして街道を進み、予定よりも大分遅れつつもダリルの町に辿り着く。

オットー市で受けた開拓事業や寄り道旅、ダンジョン都市巡りを経て戻ってきた。

その間、二年近く経っているために、どこか懐かしいような感じがする。

私とテトは、赤ちゃんをあやしたまま、ダリルの町の冒険者用の列に並ぶ。

赤ちゃんを抱えた小さな子どもの私とテトの訳ありそうな組み合わせが冒険者列に並んでいることに視線を感じながら進むと、以前対応してくれた門番の衛兵さんがいた。

「こらこら、一般の列はあっちだ。って、まさか……あんたら、オーガ殺しの二人組⁉」

「なんだか、懐かしいわね。お久しぶりです」

黒いローブに抱っこ紐を食い込ませて赤ん坊を抱える私と、以前と変わらぬテトを門番の衛兵さんが見比べている。

「まさか、嬢ちゃんたちのどっちかが子どもを……」

「この前、拾ったのです」

「まぁ、ちょっとそれについて相談したくて、衛兵の詰め所みたいなところに偉い人は居ないかな？」

なにやら赤ん坊を抱える私たちに気付いた衛兵さんはすぐに衛兵の詰所に案内して、上司を呼んできてくれる。

そして、衛兵さんの上司が来たので、道中の街道から外れた森の中で起きた襲撃について説明し、マジックバッグで死体や回収できる物を持ち帰ったことを話す。

「そうか、襲撃で生き残った子どもか……」

「ええ、それで持ち帰った死体は、丁重に埋葬したいの」

私の説明と共に【罪業判定の宝玉】を持たされるが、反応がないことで私が殺人や赤ん坊の誘拐などの罪を犯していないと判断される。

「わかった。そうしたことは、こちらで手配しよう。それで、その死体の所持品はどうする？」

「全部、衛兵に預けるわ。それとこの子の母親の所持品と髪の毛の一部だけは貰いたいのだけれど、いいかしら」

「なら、置く場所に案内しよう」

死体安置所に案内され、綺麗に直した死体を取り出して冥福を祈る。

その際に、証拠である所持品を預け、セレネの母親の髪の毛を一房だけ遺髪として切り取る。

その死体を調査した結果、驚くべき事実が判明するのだが、その時には私とテトは、セレネを連れてこの町から去っていた。

そうした事件のやり取りをした後、気付けば夕暮れ近くになっていた。

「嬢ちゃんたちは、これからどうするんだ？」

「前回と同じ宿に向かうわ。それと私たちがこの子の面倒を見るつもりよ」

「テトは、夜泣きの対応に慣れたのです！」

元気のいいテトの返事に驚いたセレネが泣き始め、私が苦笑を浮かべながらセレネを優しくあやす。

そして、聞き取り調査が終わり、無事に町に入ることができたので前回泊まった宿に入れば――

「町の英雄が、赤ちゃん連れて帰ってきた⁉」

何とも元気な看板娘の出迎えに軽く事情を説明して、宿に泊まってその日は休んだ。

2話【せめて義理の姉妹と言って下さい】

宿屋の一室で休んでいた私たちは、セレネの泣き声で目を覚ます。

「おぎゃぁ～！　おぎゃぁ～！」

「んっ……はいはい。ちょっと待ってね。今、ミルク用意するから」

起き上がった私とテトは、ここ数日で対応に慣れ、手際よくミルクを用意してオムツを交換していく。

「【結界魔法】が使えて良かったわ。防音しないと他のお客さんの迷惑になるからね」

私は、セレネの夜泣きに合わせて、部屋全体に防音結界を張り続けていた。

「魔女様～、セレネのオムツを替えたのです」

「ありがとう、テト」

そして、夜泣きの時に一番活躍してくれるのがテトだ。

【遅老】スキルを持つ私だが、12歳の体は睡眠を欲している。

そんな私の代わりに、テトがセレネのお世話をしてくれるのだ。

そのために夜は、しっかりと眠ることができている。

「それにしても、何者かにセレネが狙われているから孤児院には預けられないし、勢いで子どもを育てることになっちゃった。ごめんね、テトに負担を掛けて」

「なんで魔女様が謝るのですか？　仲間が増えて楽しいのです！」

楽しそうに笑うテトにつられて私も笑い、その雰囲気にセレネも手足をバタつかせて喜ぶ。

そんなセレネに更に笑みが零れる中、これからのことを考える必要が出てきた。

「さて【虚無の荒野】まで行きたかったけど、セレネが大きくなるまでは無理かしらね」

赤ん坊を連れて討伐依頼に行く気はないし、Bランク冒険者の肩書きと蓄財で当面は生活できると思う。

それに、万が一セレネたちを襲った襲撃者がまた襲ってくる可能性を考えると、セレネの傍を離れたくない。

「魔女様。テトにお願いすれば、一人で冒険に出かけてもいいのです。魔女様の分まで稼ぐのです」

「それは、なんだか嫌なのよねぇ。けど、逆に私一人で依頼を受けてテトにセレネを預けるのも少し不安が……」

そうこう話している私とテトは、宿屋で朝食を頂き、冒険者ギルドまでやってきた。

ギルドの扉を潜ると私やテトのことを知っている人たちが何人か居り、更にそんな私たちが赤ん坊を抱えている姿に、二重の意味で絶句している。

「こんにちは」

「こんにちは、なのです！」

「チセさん、テトさん、帰ってきてたんですか⁉」

私たちの事を知っている受付嬢が立ち上がり、出迎えてくれた。

「ええ、ちょっと他の町を巡ったり、ダンジョン都市でランク上げしてきたわ。町に着いたのは昨日で、今日はギルドへの挨拶よ」

そう言ってギルドカードを差し出せば、受付嬢が私たちのギルドカードを確認し、祝福の言葉と共に心配される。

「Bランク、おめでとうございます！　お二人がオーガの一団を倒したのは知ってますけど、短期間でBランクに上がるって、どんな無茶をしたんですか⁉」

「Bランクの昇格は、お金が必要でダンジョンの魔物を狩ったり、ダンジョンのスタンピードで前線に立っていた結果ね」

二年前に町を出た時はDランクだったのが、現在は二人揃ってBランクに上がっている。

冒険者がBランクに上がるには、通常五年以上の時間が必要とされるのに、それよりも短い期間で昇格していることに驚かれる。

更に——

「それに成長期なのにチセさんとテトさんは、全然変わってないじゃないですか！　それに、なんで赤ちゃん抱えているんですか⁉」

「身長に関しては……何というか体質と言うしかないわね。それと、この子は私たちの赤ちゃんじゃなくて、託された子なのよ」

簡単に、何者かに襲われて生き残った子で、私とテトが育てることを決めたことを伝えると、何度目かの驚きの表情を浮かべられる。

「未婚で母になるつもりですか。凄い覚悟ですね。まだ14歳なのに……」

「あの……せめて、姉とかにしてくれない？」

パワーワード過ぎて、思考が追い付かない。

そんなセレネは、テトの腕の中で、すやすやと気持ち良さそうにお昼寝中である。

特に、テトの大きなおっぱいに顔を埋めているが、あれは気持ちのいいものだと認める。

そして、私の胸では、あんな感じで落ち着けることができないのが少し悔しい。

「って、そうじゃない。……実は相談で、セレネを育てることにしたから、この町で家を借りたいのよ。それとセレネを育てながらできる仕事ってないかしら？」

都合のいいことを聞いているとは分かっている。

だが、ギルドならなんとかなるはずだ。

なければ、【創造魔法】で生み出した雑貨を売る雑貨屋でも始めながらセレネを育てることも考えている。

そして、育児に余裕が生まれた頃に、私が転生させられた【虚無の荒野】の調査に出かければいい。

「Bランクに上がったお二人がこの町に居続けてくれるように、こちらも全力でバックアップさせてもらいます！」

受付嬢も前向きに答えてくれたので、私とテトができることを伝える。

私は、攻撃魔法全般と回復魔法、家事全般、ポーションの調合。テトは、剣と土魔法が得意であることなどだ。

「お二人にあった仕事がないか調べてきます。少々お待ち下さい」

そして、ギルドの酒場の隅で待っていると、依頼から帰ってきたのか三人組の冒険者たちがギルドに現れ、私たちを見つけた。

「あっ、チセちゃんとテトちゃんだ！」

「あっ…………ライルさん、アンナさん、ジョンさん」

「チセちゃん。一瞬俺たちの名前、忘れてただろ？」

すぐに名前を思い出せなかったが、彼らはCランクパーティー【風に乗る鷹】――通称【風鷹】の面々であることを思い出す。

テトの方は、誰だっけ、と言った感じで首を傾げながら、セレネをあやしている。

「昨日、なんか問題抱えて帰ってきた、みたいな噂を聞いたけど、その赤ん坊か？」

「ええ、託された子を私たちで育てることにしたわ」

「マジかぁ、まだ小さいのに肝が据わってるなぁ……」

それは、褒め言葉だろうか、と苦笑を浮かべながら、私たちがこの町を旅立った後の話をする。

ライルさんたちと話をしていると、受付嬢のお姉さんが戻ってきた。

「今現在、お二人の要望に沿ったお仕事はありませんでした。もうしばらく、お待ちいただけますか？　きっと要望通りのお仕事をご用意いたします」

「わかりました。しばらくは宿住まいを続けるか、どこかの家を借りてセレネを育てたいと思います」

私は頭を下げて、セレネを抱えながら、冒険者ギルドを出る。

冒険者ギルドから出る前に、ギルドカードから幾らかのお金を下ろしたので、これでしばらくは大丈夫だろう。

宿に帰った後は、夜になるまでセレネの面倒を見て過ごした。

食事は、部屋に運んでもらい、宿屋の娘さんにチップを幾分か弾み、セレネの事に関して目を瞑ってもらった。

そして私は、セレネをあやしながらベッドで眠るのだった。

SIDE：？？？

対象の暗殺と誘拐に失敗した。

あと一歩まで追い詰めたのに仕留め切れず、強い魔力を感じて援軍だと思い引いた。

だがそれは偶然現れた冒険者たちであり、あの女は、その冒険者に赤ん坊を託して死んだ。

我らの目的は、対象の誘拐。もしくは、対象の殺害とその遺体の確保が必要だった。

だが厄介なのは、件の冒険者が大容量のマジックバッグを持っていたために、あの場に残してきた死体や残留品を全て回収されたことだ。

せめて、あの女の遺体だけでも回収できれば、と思ったがダメだった。

我らの同志の遺体も含めて、全てが衛兵からこの町の領主である辺境伯の許に届いてしまったために手出しができない。

せめて赤ん坊の誘拐を完了させなければ――

そう思って我らは、人が寝静まる夜中に宿に侵入し、暗殺と誘拐を試みようとした。

だが――

「無理だ。どうやっても隙がない」

宿の部屋には、常に結界が張られていた。

防音・防御・警戒などの多重効果の結界である。

眠りながら結界を維持するなんて、小さい女の方は、相当な手練れのように思える。

そして、なるべく室内の状況を確かめようと隣の建物から窺っていた俺たちに――

『魔女様とセレネの眠りを妨げるつもりなら、許さないのです』

どんな魔法を使ったのか、もう一人の女が起きており、屋根の瓦を振動させる魔法を使って声を届けてきたようだ。

「化け物か……！」

なにも町に着くまで、悠長にしていた訳ではない。

気付かれないように、子どもを保護した冒険者共を暗殺する機会を窺っていたのだ。

それなのに、一人は寝ても起きても常時結界を張り続ける。

もう一人は、休んでいるように見えて、ここ数日一睡もせずに警戒し続けている。

冒険者ギルドでの会話からBランク冒険者やオーガ殺しなどであると確認したが、それ以上に底知れない恐ろしさがあった。

もう事を起こしてしまい、これ以上時間を掛けていたら我らの組織が破滅してしまう。

だが、見ず知らずの赤ん坊を守り育てようとするお人好しな性格には、付け入る隙があるはずだ。

「覚悟を、決めるしかないか……」

男の呟きが、夜闇に溶けていく。

3話【白昼の暗殺劇からの逃亡】

ダリルの町に戻ってきた私たちの生活は、ギルドと宿屋の往復が基本だった。

宿屋で起きて、セレネを連れて買い物して、ギルドで仕事と新しい住居を探してもらい、また宿屋に戻る。

そんな生活が1週間ほど続く中、遠巻きにこちらを見てくる人の存在を感じ取れた。

「――《センスエネミー》」

教会の魔法書で学んだ、波のように魔力の波動を広げて悪意や敵意を探し出す探知魔法を使う。

「魔女様、どうなのですか？」

「……ダメね。対策を取られている」

遠巻きに見ていることは分かるが、こちらに気付かれないように対策を取っているようだ。

だが、《センスエネミー》で微かに感じる怪しい魔力の残滓《ざんし》は、セレネを襲っていた相手だと見て、間違いなさそうだ。

「あの気持ち悪い呪いに似た魔力の持ち主が相手ね」

「魔女様、どうするのですか？」

「下手に町から逃げ出せば、すぐに追われて襲われることになるだろうし……」

だから、こうして人目の多い場所を利用すれば、暗殺者たちもこちらに手出しし難いはずだ。

「あー、ばぁ、ぶっ～」

「ふふっ、何か機嫌が良くなることでもあったのかしらね」

セレネを抱える私は、ふと足を止めて、優しく揺するようにあやす。

人通りの多い大通りには、通行人や露店を開く人が多い。

「魔女様～、あの屋台の串焼き美味しそうなのです」

「朝食を食べたばかりだけど……買ってもいいわよ」

「わーい、なのです！」

私から離れて屋台の串焼きを買いに向かうテト。

道の端に寄り、テトが串焼きを買ってくるのをセレネと待っていると、周囲から急速にあの呪いに似た魔力の高まりを感じる。

「えっ、まさか……」

こんな白昼堂々と、と驚き周囲を見回す。

人通りが多く、こんな場所で魔法を放てば、その余波で怪我人が出てしまう。

「――死ねっ！」

人混みや屋根の上から飛び出してくる暗殺者たちが魔法や魔導具で攻撃を放ってくる。

私は、自分とセレネを守るように防御結界を張り、更に相手の魔法の余波が広がらないように結界で包み込む。

「ぐっ！」

咄嗟に使った慣れない防御方法に、呻き声が漏れる。

炸裂する魔法とそれを押し止めようと包み込む結界の鬩《せめ》ぎ合いが、光と音となって大通りに広がり、パニックが起こる。

「これは――」

魔法の閃光と周囲を逃げ惑う人々の動きに、飛び出してきた暗殺者たちの姿を見失う。

「魔女様！」

「テト、気をつけて！　襲われたわ！」

私が声を張り上げる中、私とセレネを守る結界に投げナイフがぶつかり、そちらの方に目を向けるが、既に逃げ惑う人々に紛れて姿が見えない。

「反撃しようにも一般人を巻き込んじゃうわね」

「魔女様、大丈夫なのですか⁉」

「大丈夫――ってテト⁉　衣服が！」

「ただ切られただけなのです！　代わりに殴り倒したのです！」

どうやらテトの方にも暗殺者が向かったようだ。

だが、テトの片手には、暗殺者の短刀が握られており、地面には返り討ちにされた暗殺者が伸びていた。

「それじゃあ、テト。このまま逃げるわよ」

「はいなのです！」

右腕にセレネを抱え、左手をテトの手と重ねた私は、飛翔魔法を使う。

私たちが防御結界を纏いながら空に飛び上がったことで、暗殺者たちが慌てて攻撃の勢いを強めてきたが、攻撃を強めたことでハッキリとその存在を認知できた。

「――《アース・バインド》！」

町の石畳を突き破って、巨大な土の手が暗殺者たちを掴み、拘束していく。

暗殺者たちを魔法で捕らえたが、町中にどれだけの暗殺者たちが紛れ込んでいるのか分からない。

今回のように一般人への被害も気にせずに襲ってくる相手であれば、この町に居続けることはできない。

そのため私たちは、飛翔魔法でそのまま町の北側――私が転生させられた【虚無の荒野】がある方向に飛び、町から抜け出す。

「おぎゃぁぁ、おぎゃぁぁぁっ！」

「ごめんね、セレネ。怖かったよね。もう怖い人は居ないから大丈夫よ」

町から抜け出して森の中に着地した私は、襲撃の音と光、異様な雰囲気を感じ取り、泣き始めるセレネを宥めながら、一度ダリルの町の方を振り返る。

「一般人も関係なく襲ってくるなんて……町では暮らせないし、普通の暮らしだと守り切れない」

「魔女様、元気出してほしいのです。串焼き食べるですか？」

テトは慰めてくれるが、串焼きを受け取ろうとした直後に襲撃されて、そのまま町を飛び出したのでその手に串焼きが無いことに気付き、逆に肩を落としている。

「テト。このまま【虚無の荒野】を目指して、そこで一旦落ち着きましょう」

私たちは、セレネを抱えながら魔物が徘徊する森を北に向かって進んでいく。

それから三日掛けて、私とテトが攻略したダンジョン跡地を見つけ、更に翌日、私が出てきた荒れ地——【虚無の荒野】に辿り着いた。

「ここが【虚無の荒野】だとは、知らなかったけど——」

【身体強化】の応用で目に魔力を集中させると分かる。

森の境界付近にドーム状の不可侵結界が張られていた。

結界に覆われた【虚無の荒野】の外縁部は、人や魔物、魔力などの流入を阻んでいるようだ。

その乾いた大地は、二年前と変わらず、生命力の強い雑草くらいしか生えていない。

辺りを見回せば、【虚無の荒野】の内外を行き来できる生き物は、弱小魔物で有名なスライムか小動物的な雑魚魔物だけであった。

「転生者以外は、入れないって話だったけど……」

私は、テトとセレネと一緒に、【虚無の荒野】に張られた結界に触れると越えられた。

そして、結界内部に入ると、ここから出る時は感じられなかった空気感の違いを覚える。

「ちょっと息苦しい、と言うより、魔力が薄いって感じがするわね」

最初の頃は魔力量の少なさからよく分からなかったが、結界内部は、女神・リリエルが言う通り、魔力が薄い――いやほぼないに等しいように感じる。

最初の頃は魔力量の少なさからよく分からなかったが、体から放出する余剰魔力が空気中に勢いよく霧散していくのが分かる。

「テトは、大丈夫？」

「うん？　ちょっと魔力が回復しにくいのです。でも、テトにはコレがあるのです！」

そう言って、魔石を取り出して口に放り込むテトに、私は苦笑を浮かべる。

ゴーレムから進化した新種族のアースノイドであるテトは、体内にゴーレムの核を持ち、魔石を食べたり、私からの《チャージ》による魔力補給ができるので問題ないようだ。

「なるほど、テトにはその回復手段があるわね。けど――」

「あー、うぅー」

キラキラとした魔石の欠片が気になるのかセレネが手を伸ばす。

「セレネが居る前では出しちゃダメよ。魔石を手に取って誤飲したら危ないから」

「わ、わかったのです！　セレネに見せないのです！」

そう言うテトは、セレネに隠すように背を向けてコソコソと魔石を食べる。

その様子がおかしくて私は、小さく噴き出した。

少し落ち着いたところで改めて私たちは、魔力の薄い【虚無の荒野】を進んでいく。

外縁部は辛うじて薄い魔力を感じるが、荒野の中心地は草木が一本も生えず、魔力もほぼない死の大地である。

それでもここは、暗殺者も侵入できない私たちだけの安全地帯だ。

とりあえず、ここで落ち着いてセレネを育てようと思う。

SIDE：ダリルの町の領主・リーベル辺境伯

ワシは衛兵から上がって来た報告とその死体を目にした時、驚きを覚えた。

「この方は、ガストン卿！　それに王宮の護衛騎士たちではないか⁉」

斬り裂かれた衣服こそ平民の物であるが、以前王都で出会った騎士と同じ容姿をしていた。

そして、他にも従者やメイドと思しき人たちも同様に死んでおり、最後の人物を見た時、ワシは言葉を失う。

「エリーゼ様………」

美しい死顔の人物は、このイスチェア王国の王太子殿下の側室となった教会の聖女・エリーゼ様で間違いなかった。

五大神を祀る教会には、回復魔法に特化した女性の魔法使いたちがおり、彼女たちは聖女と呼ばれている。

その中でも王国各地を渡り歩き、人々を癒やし、各地で祈りを捧げるエリーゼ様は若くして筆頭聖女として名を揚げていた。

そんな気高く、美しいエリーゼ様には、辺境で魔物と戦う兵士や騎士、冒険者たちの許に訪れ、傷の治療をしてもらった記憶がある。

そんなエリーゼ様と王太子殿下との馴れ初めは、王太子殿下の初陣として用意された魔物の討伐の際に、後方支援の従軍治癒師として教会から派遣されたエリーゼ様のお姿に王太子殿下が一目惚れしたのだ。

そして、側室として結婚した後も王都を中心に、孤児院の訪問などの奉仕活動を続けていると聞く。

余談であるが、聖女や聖職者の神聖さは、俗世の欲を遠ざけることで得られる、という考えが尊ばれた時期があったそうだ。

そんな時期に、リリエル神から神託が下された――『聖女や聖職者とて人間であり、子を産み育てることが自然である。過度な欲望は身を滅ぼすが、だからと言ってそれを抑圧するのは、女神の教義に反する』と。

教会の崇める五大神の一柱であるリリエル神は、地母神の性質を持つ女神である。

つまり、人の営みを見守る女神なのだ。

だが、その神託を下すも当時の教会は聞き入れず、最終的にリリエル神による天罰が下されたと、当時の文献に書かれている。

以降は、聖女や聖職者も普通に三大欲求を適度に満たし、結婚もできるそうだ。


まぁ、それは置いておくとしよう。

そんな聖女エリーゼ様の遺体と共に提出された遺留品の中には、王家の人間を証明する短剣と教会の関係者が魔法の発動媒体として使うミスリルの十字架が見つかった。

そして、一通の手紙を見つけ、その中身を拝見する。

どうやら、国王陛下がイルゼット教会に宛てた手紙のようだ。

王宮に悪魔教団の信者が入り込み、大悪魔召喚の生贄《いけにえ》や依代《よりしろ》のために、聖女のエリーゼ様を狙っていること。

悪魔教団の信者たちは、外法によって悪魔を身に宿し、一般人でも並の騎士ほどの強さを得ているらしい。

そうした外法を無力化する魔法を王宮に敷設することができず、安全ではないために、対策がしっかりとしているイルゼット教会に身を隠すのに協力を頼む内容が書かれていた。

「なんということだ……」

その手紙の中には、エリーゼ様だけでなく、王太子と聖女様の子であるセレネリール様も生贄や依代として狙われている可能性が高く、悪魔対策のしっかりした教会で預かって欲しいことが書かれていた。

悪魔教団の掃討が終わるまでは、エリーゼ様とセレネリール様は教会で過ごされ、全てが終わった後でお二人を王宮に戻す予定なのだろう。

ただ、教会への移動時に悪魔教団に狙われたようだ。

彼女らを襲った暗殺者たちの死体と共に、悪魔教団のシンボルや外法での強化のための薬物や道具なども提出されている。

「は、早く、王太子殿下と聖女様の御子のセレネリール様をお守りしなければ……」

セレネと呼ばれた赤ん坊が冒険者に保護されたと聞いたために、いち早く保護し、エリーゼ様や護衛騎士たちに代わり、イルゼット教会に送り届けなければ、と考える。

だが、それより先に新たな報告が入ってきた。

悪魔教団の信者たちが町中で暴動を引き起こしたのだ。

その最中、赤ん坊を抱えた二人組の女冒険者たちが悪魔教団の信者を魔法で拘束した後、町中から飛び去ってしまったという話だ。

町を封鎖し、隠れた悪魔教団の暗殺者共を捕らえた。

悪魔と契約した【悪魔憑き】とは、呪いに似た魔力を宿して自らを強化する外法だ。

そうだと分かれば、すぐに【浄化魔法】の使える聖職者の派遣を依頼し、兵士や騎士たちに聖水を装備させて、【悪魔憑き】を無力化した。

幸い、町に潜んでいた悪魔崇拝者たちは、全員捕らえ、怪我人は出ても死傷者はいなかった。

だが、セレネリール様の行方は途絶えてしまった。

4話【虚無の荒野を再生しよう】

私とテト、そして赤ん坊のセレネとの【虚無の荒野】での生活が始まった。
「中心に近づけば、近づくほど魔力濃度が薄くなって、植物も生えてない」
辿り着いた【虚無の荒野】は、小国に匹敵する広さの土地があり、私たちはその中心地を目指していた。
その理由は、数日前――

…………

……

…

『お久しぶりね。チセ』

「リリエル、こんばんは。これは、夢見の神託？」

【虚無の荒野】に辿り着いたその日の夜、私の夢の中に女神・リリエルが姿を現した。

『まずはお帰りなさい、かしら』

「ええ、ただいま。子どもを連れて帰ってきたわ」

『ふふっ、見ていましたよ』

そう言って楽しそうに笑うリリエルは、私たちの行動を見ていたようだ。

「しばらくは、【虚無の荒野】の結界を子育てに利用させてもらうわ」

『ええ、構いませんよ。ただ、その代わり、私からもお願いして良いですか？』

「何かしら、できる範囲で叶えるけど……」

リリエルからのお願いに私が首を傾げると、リリエルが私の額に触れてくる。

『空いた時間で構いませんから、【虚無の荒野】で魔力の放出と土地の再生をお願いしたいのです』

「うぐっ……」

リリエルのお願いと共に、触れられた私の頭の中に【虚無の荒野】の情報が送り込まれた。

【速読】や【並列思考】のスキルにより情報処理能力が高まっているが、それでも小国一つ分の土地の情報を一気に頭に植え付けられる苦痛に、目を覚ます。

「はぁはぁ……」

「魔女様、大丈夫なのですか？　突然起きたのです」

テントの中で目を覚ました私にテトが小声で話しかけてくる。

「少し、女神とお話ししただけよ……」

長く話していないので魔力枯渇はしていないが、突然、知識を植え付けられた影響から頭痛が起こり、痛みで眉間に皺が寄る。

ただ、その与えられた知識に私は、納得する。

「なるほど、これが【虚無の荒野】の全体像ね」

２０００年以上前の古代魔法文明の暴走で、魔力が消失した地域の一つが【虚無の荒野】だ。

空気中の魔力が瞬間的に消失し、真空状態のようになった地域に急速な魔力が流れ込んだことで、世界中の魔力に依存した動植物が死滅し、あわや世界滅亡の危機に陥った。

なんとか、魔力の流入を止めるために神々が大結界を張り、その地域を隔離して世界滅亡を防いだ。

だが魔法文明の暴走により同時多発的に世界中の魔力が消失し、空気中の魔力濃度の減少と地脈——大地を流れる魔力の流れ——が乱れてしまった。

そして、この大陸の神々であるリリエルたち五大神は、２０００年掛けて何度も地球で使われていない魔力を転生者の魂と共に引き込み、少しずつ魔力を満たしてきた。

それでも大結界内外の魔力濃度の差は大きい。

【虚無の荒野】の外縁部には多少の雑草が生えているが、中心部は２０００年前から続く死の大地のままだ。

女神からの依頼は、そんな【虚無の荒野】の魔力濃度の改善と自然環境の再生だった。

「神の身では、地上への干渉に制限があるから人の身の私に頼むのね」

その具体的な改善方法も知識として与えられた。

だが、その改善策を実行するには、【虚無の荒野】の中心地に向かわねばならない。

私たちは、その場所を当面のセレネの育児と【虚無の荒野】の再生拠点にする予定だ。


…………

……

…


女神・リリエルの頼み事と与えられた【虚無の荒野】の知識を整理しつつ、テトとセレネを連れて、【虚無の荒野】の中心地に辿り着いた。

「テト、大地の様子はどう？」

「ダメなのです。土が硬くて、水もないカラカラなのです。全然美味しくないのです」

私たちの周りには結界を張ってあるが、砂埃が舞い上がり、子育てどころか人が住むにも不向きな土地だった。

日射しを遮る木陰も、水場もない。

大地は、硬く締まって作物も育たない。

私とテトは仮の住処である石の家を魔法で作り上げ、その中にセレネを寝かせている。

「大結界内に雨は通すけど、大地にはその雨を保水する力がないのね」

「テトが探せば、水脈を見つけられるのです」

「テト、それは後でいいわ。まず先に、この硬い地表をなんとかしましょう。――《クリエイション》腐葉土！」

私が創造したのは、ビニールに包まれた一袋20キロの腐葉土だ。

それを数トンもの量を積み上げるように、創造していく。

だが、それだけじゃ足りないために、テトにお願いする。

「テト。あなたが今まで溜め込んだ土を、ここに出してくれる？」

「沢山あるのですよ！」

そう言って、元気に答えるテトは、体の一部を土に戻す。

そこから溢れる様に生み出された大量の土は、２００キロを超えていた。

テトの体を構成する泥土は、旅をする中、様々な土地の肥沃な土を取り込み、食べたものを体内の土の中で腐敗と発酵を進めた結果、黒々とした土ができあがっている。

それにテトの内部の土は、様々な益虫や微生物も取り込んで育っていた。

テトの蓄えた土と、その中にいる益虫や微生物を腐葉土で増やせば、大地を生き返らせる切っ掛けとなる土になるだろう。

「とりあえず、これで十分ね。私が土を混ぜ合わせるから、テトは成分の調整の確認をしてくれる？」

「わかったのです！」

テトは、私が混ぜ合わせる土と腐葉土の成分を確かめながら腐葉土のビニールを破って、量を調整していく。

そして、それらの土を荒野の周囲に一定の厚さで敷き詰め、【創造魔法】で創った水を撒いて湿らせ、水分が蒸発しないように保温用のビニールを被せていく。

「これでどれくらい待てばいいのかしら？」

「1週間ほど待てば、十分に数が増えるのです」

低魔力環境下でもちゃんと育つ虫や微生物の強い生命力は、とてもありがたいと思う。

そうして腐葉土を育てる一方、また別の方法でもこの土地の再生を試みる。

「この場所に土を撒いて——《クリエイション》木の実！《グロウアップ》！」

私は、テトの土の一部に木の実を植えて、液体肥料などを与えてから【原初魔法】で急速に発芽させ、成長させる。

光と水の複合魔法である植物成長の魔法は、かなり多くの魔力を使う。

それも目の前の木を1年分成長させるのに、１０００の魔力を消費した。

ただその分、土の栄養素が取られ、無理な成長に樹木への負担が大きく、ひょろ長くて頼りなさそうだ。

それに無理に成長させたために、本来の樹木よりも寿命が短くなってしまう。

そうした木々を何本も等間隔で仮の住居の周りに生やしていく。

「とりあえずは、こんなところかな。防風林と有機質の栽培」

荒れた【虚無の荒野】は、遮る物がないために風が激しく、容易に地表の水分を飛ばしてしまう。

折角作った微生物育成の土も乾燥でダメにされては困るために用意した。

それに、防風林の木々は無理な成長で寿命が短くなって早々に倒れてしまっても、成長のために張り巡らせた木の根が硬い大地を砕く。

また、倒れた木を細かく砕いて土に混ぜれば、微生物たちが分解して新たな土に変わる。

「少しずつ、これを繰り返していけば、森ができるかしら？」

「小さな一歩なのです」

せめてセレネが物心付く頃には、目に見える範囲を緑溢れる場所にしたい。

5話【虚無の荒野での生活】

荒野の夜は、とても寒い。

遮る物のない大地は、日中温められた熱をすぐに奪い去ってしまう。

仮の住居である石の家は、容易に温度を奪われていくために、家の周囲を断熱結界で覆って、環境を安定させなければいけない。

更に、そんな過酷な環境で魔法によって促成させた樹木は、数日で軒並み枯れて倒れてしまう。

「やっぱり、無理に育て上げたから根がしっかり張ってないし、環境に対しての抵抗力がないのね」

だが、倒れた樹木の根の跡は、地中10センチ程度までの土を砕いてくれていた。

倒れた樹木を魔法で退かし、木の実を植え直したら腐葉土と液体肥料、水を撒いて、再び魔法で促成させる。

植え直した木々は前回よりしっかり根付き、集めた倒木を砕いて微生物を繁殖させた土に混ぜる。

「当面のできることは、こんな感じかしら。それじゃあ、家に戻りましょう」

「はい、なのです」

それから私たちは、世間一般から隔絶した生活を送っていた。

何とか【虚無の荒野】で植樹を続け、それなりの形になり始めてきた。

最初の一ヶ月は、育てるとすぐに枯れて折れてしまう木々に疑問を感じたが、ここは無魔力地域だった。

魔力は、濃いところから薄いところに流れる性質がある。

そのために育てた植物が発する魔力が周囲に流れ出て、魔力枯渇状態になり、枯れてしまったらしい。

なのでまずは、家の周囲100メートルに【虚無の荒野】を覆っているような魔力の流動を阻害する結界を張り、その中で私の魔力を満たすことから始めた。

結界の維持と魔力濃度を濃くするための魔力放出を毎日行ない、更に自身の魔力量を増やすために【不思議な木の実】を食べる。

そうした工夫に伴って、家の周囲の環境が少しずつ安定し始める。

テトが取り込んでいた土に混ざっていた、様々な植物の種が芽を吹き、苔が生え、魔力と水分を糧にするスライムが自然発生したのだ。

「植物やスライムも微量だけど、ちゃんと魔力を発しているのね」

魔力を取り込み、更に増やして、また取り込む。

そんな小さな再生のサイクルが誕生し始め、家の周囲を結界で覆った3ヶ月後には【虚無の荒野】の大結界の外と同じだけの魔力濃度にすることができた。

「なんだ、この調子なら再生も簡単じゃない」

そんな呟きからの油断によって、とある事件が起きた。

「あっ――」

ついうっかりと、家の周りを覆っていた魔力流出防止の結界を途切れさせてしまった。

その結果、結界内の魔力が一気に荒野に放出されたのだ。

スライムは、魔力枯渇で溶けるように体を崩して水分が地面に吸い込まれ、木々や植物が枯れてしまった。

「ああ、折角作った再生の拠点が……」

「魔女様、頑張るのです。まだ時間はあるのです！」

小国に匹敵する土地のほんの僅かな領域の魔力が解放されたが、それで【虚無の荒野】全体にはなんの影響も与えなかった。

空の桶に一滴の水を垂らしたような虚しさを感じる。

「いえ、大丈夫よ。この土地の再生のノウハウはできはじめているんだから、次こそできるわ」

そうして私とテトは、協力して枯れた木々を撤去して、結界を張り直す。

今度は私の魔法による自前の結界ではなく、私から独立した魔導具で家の周囲に結界を張ることにした。

【創造魔法】で生み出した16本の石柱型の結界魔導具は――毎日魔力を込めるための見回り作業が増えた。

だが、魔導具同士が互いに支え合って結界を維持するので、不測の事態でどこかの魔導具が故障しても他の魔導具が結界を維持し続けるように設計した。

そして、枯れた林の再生と魔力放出による魔力濃度の上昇も順調に再開することができた。

毎日、【不思議な木の実】を食べ、荒野の再生のために限界まで魔力を使うために、魔力の伸び率がいい。

また再生のためのノウハウがあるので、前回よりも短い2ヶ月で元通りになった。

そして、私を感心させる出来事があった。

「凄いわね。スライムがまた自然発生して、苔も復活している」

「それに、植物の種もちゃんと芽を吹いているのです！」

結界崩壊の魔力流出で枯れた植物たちだが、苔は枯れても仮死状態だったのか、魔力と水分と養分を得て復活した。

植物も、地面に残していた種などが枯れ草の間から芽を吹いていた。

そうした【虚無の荒野】の再生の一方、セレネは家の中ですくすくと育っていた。

私たちが託された時は多分、生後半年頃だったのだろう。

そこから、首が据わり、寝返りやお座りができるようになり、ハイハイですぐに逃げだそうとする。

「ホントに、元気がいいわね」

セレネが活発に動くようになると、今までの魔法で作った石造りの家は、転んだ時の机などの角が危ないと気付き、一度家を建て替えた。

【創造魔法】で創り出した木材と石組みの家は、安心安全のために角が取られた家具を配置した。

「セレネ、ごはんを食べましょうね。あーん」

歯が生え始めたセレネには、少しずつだが【創造魔法】で創った離乳食を食べさせ始めた。

【虚無の荒野】では、食べ物の確保が絶望的だが、【創造魔法】で創り出す食べ物——特に、赤ちゃん用の瓶詰め離乳食は、栄養バランスや味、種類が豊富でセレネも食べてくれる。

衣服だって、子どもの成長に合わせて【創造魔法】で創り出すので、すぐに大きくなる子どもに対応できるのはありがたい。

更に——

「セレネ。これも飲みましょうね」

「ぶぅ～」

「ほら、嫌がらないの。すぐにごっくんすればいいからね」

ダンジョン都市で手に入れた薬草やキノコの中には、乳児の免疫力を高める薬の素材があり、それらを使って調合した予防薬をセレネに飲ませる。

一回飲めば半年は、病気や感染症の重篤化を防いでくれる。

セレネには、浄化と解毒が籠められたミスリルの指輪があるが、それでも親の務めとして予防薬を飲ませるのだった。

そんな【虚無の荒野】の再生とセレネの育児をする日々が三年間続いた。

6話【ついに永遠の12歳になってしまった】

三年掛けて、虚無の荒野の中心地は、大分緑豊かになってきた。

以前は家から１００メートルの範囲しか無かった林も、徐々に範囲を拡大させながら植樹を行なってきた。

一定の環境さえ整えば、魔力は更なる魔力を生み出す。

私が毎日、魔力を放出し、それを吸収して育つ植物が更に魔力を生んで結界内の魔力濃度がかなり濃くなってしまった。

濃すぎると強力な魔物やダンジョンが自然発生してしまう可能性がある。

だが、だからと言って魔力の流出を防ぐ結界を途切れさせれば、以前の二の舞になる。

そのために、環境が激変しないように最初の１００メートルの範囲の外側に結界の魔導具を設置し、二重の結界を張った。

そして、濃い魔力を少しずつ移して、魔力濃度の均一化を図りつつ、植樹の範囲を広げてきた。

「あー、結界魔導具の管理が大変になったわね」

以前の結界の石柱は撤去されたが、結界の範囲が広くなったことで結界の石柱の数が約80本に増え、魔力補充のために石柱一つずつ回るのは流石に面倒臭くなった。

そんな中、1年目の冬は、植物の生育も停滞するために、テトをセレネのお世話に残して一人で【虚無の荒野】の探索に出かけた時、地中に埋まる古代魔法文明の遺跡を見つけた。

地表部分は、魔法実験の暴走で消し飛んでいるが、地下にはまだ残った施設があるようだ。

いつかはきっちりと調査したいが、それより重要なものを見つけた。

その施設の中から、古代魔法文明で使われた魔導具の、制御用魔導具の資料を見つけた。

この制御用魔導具を使えば、今まで煩わしかった結界魔導具の管理を一括化することができる。

早速、【虚無の荒野】の拠点に戻った私は、【創造魔法】で魔力送付と制御用魔導具を創造して設置した。

魔力の大量消滅を招いた古代魔法文明の知識と技術が、魔力と森林再生の一翼を担うことになるのは、皮肉だと思う。

「よし、これで見回りの頻度を減らせるわね」

制御用魔導具は、繋がった他の魔導具の状況を把握し、破損や機能停止の情報もすぐに見ることができる。

今までよりも管理が楽になったが、各魔導具に魔力を送る際に、魔力の減衰が発生する。

以前は、石柱の結界魔導具一つずつに直接魔力を込めて、2万魔力ほど消費していた。

制御用魔導具で一括管理したことで、魔力送付で発生する魔力の減衰を含めて、一日に約４万魔力まで消費量が増えた。

だが、減衰によって損失した魔力は、空気中に霧散して【虚無の荒野】の魔力濃度を高めるのに役立つために、結果的に無駄にはならなかった。

「とりあえず、森の再生は、今はここで打ち止めね」

「魔女様？　これ以上は広げられないのですか？」

「無理に範囲を拡張すれば、結界魔導具の維持ができなくなって、また前みたいに逆戻りになるわ」

今は、育った植物が放出する微量な魔力を結界内に満たし、私自身の魔力量も増やし続けている。

【虚無の荒野】は、２５００平方キロメートルの面積がある。

私の作り上げた範囲の森林など、全体の数万分の１にも満たない。

「もっと森林の再生を効率化させないとね」

「魔女様、時間はまだまだあるのです。のんびりとやるのです！」

「そうね、テト。それでもそろそろ新しい方法を考えないと……」

この三年間で周囲の環境は、大分整い始めた。

「ママ～、テトおねえちゃん！　ちょうちょ～」

環境が整い、少しだけ森を切り開いて家庭菜園的な小さな畑を作り、家も木と石材を組み合わせたこぢんまりとしたログハウスを少し拡張した。

そんな畑の傍で野菜の花に止まっていた蝶を両手で捕まえて、こちらにペタペタと駆けてくるのは、3歳になったセレネである。

深い緑色の髪を伸ばした愛くるしい少女に成長し、森の再生よりも先に、彼女の成長の方が今は楽しみだ。

そして――

「あっ……」

「「あっ……」」

足が縺れたと気付いたセレネが小さく声を漏らし、転ぶと直感した私とテトも小さな声を零す。

そして、私たちの前でセレネは躓き、転んでしまう。

手に蝶を捕まえていたが、咄嗟に地面に手を突くために両手を離したため蝶がひらりひらりとセレネの頭上を飛び越えて、どこかに飛んでいく。

「セレネ、大丈夫？」

「うわぁぁぁっ、ママァアァアッ――！」

「よしよし、痛かったわね、手と膝を見せて」

転んだセレネを私が抱き上げて、宥める。

転んだ拍子に擦り剥いたようで少し土で汚れ、血が滲んでいる。

私は、そんな傷口を魔法で洗浄し、回復魔法を使う。

「痛いの、痛いの、とんでけ～。はい、もう痛くないわよ」

「……うん。痛くない」

「セレネ、偉いのです。すぐに泣き止んだのです。セレネは、強い子なのです」

「えへへっ……テトおねえちゃんに褒められた」

私がセレネを抱き締めて、テトが褒める。

そんな感じで私たちの日常は、セレネを中心としつつ森の再生は続いていく。

セレネは、私のことを母親だと認識し、テトのことを姉のように慕っている。

身長や外見から言えば、私の方が姉のように思うのだろうが、何故かセレネは、私を母として慕う。

『セレネの本当のお母さんは、あなたを私に託して、亡くなったの。これがあなたのお母さんの遺髪
――髪の毛よ』

ダリルの町で襲撃される前、遺体から切り取った髪の毛を見せて、そう説明したことがあるが、イマイチ分かっていない様子だった。

それでも自分には産みの母がおり、私は育ての母だと認識しているようだ。

「ママたちは、なにやってたの？」

「うん？　今日はねぇ、新しい木を植えようとしてたのよ」

「新しい木？　セレネも手伝う！」

「それじゃあ、セレネにも手伝ってもらおうかしら」

私自身の魔力だけでは、これ以上の森林再生は頭打ちであるのを感じ、ある方法を取る。

それは【創造魔法】による新種の樹木の創造だ。

以前、石鹸成分を含む都合のいい薬草の種を創り出した応用で、今回は魔力生産量が多い樹木――【世界樹】と呼べるような木を植えることにした。

テトがスコップで地面を柔らかく掘り返し、私が事前に【創造魔法】で用意した胡桃《くるみ》ほどの大きさの種をセレネが植えて、ジョウロで液体肥料を溶かした水を遣る。

最後に私が発芽しやすいように、ほんの少しだけ魔力を多く地面に送り込み、森の各所に均等に植えていく。

そして、夕方になれば――

「ま、まぁ……」

「ふふっ、可愛いわね」

「魔女様も可愛いし、セレネも可愛いのです」

「いつかは、セレネの方が大きくなって、巣立っていくんでしょうね」

樹木の種を植えた後、疲れたセレネが私の背中におんぶされて眠っている。

セレネを育てる3年間で、私の身長は全く伸びていない――と言うより私の成長が止まっている。

【虚無の荒野】を再生させるために魔力が必要であり、私の魔力量を増やすために、【不思議な木の実】を食べ続けた。

その結果、魔力量が5万を超えた時――あるスキルがステータスに追加された。
そのスキルとは――【不老】スキルである。

名前：チセ（転生者）
職業：魔女
称号：【開拓村の女神】【Bランク冒険者】【黒聖女】
Lv80
体力2500／2500
魔力13000／53000
スキル【杖術Lv4】【原初魔法Lv8】【身体強化Lv6】【調合Lv4】【魔力回復Lv7】【魔力制御Lv8】【魔力遮断Lv6】……etc.
ユニークスキル【創造魔法】【不老】

ただでさえ【遅老】スキルで成長が遅かった私だが、恐れていた永遠の12歳になってしまった。

これでは、いつかセレネに身長を追い越されてしまうだろう。

まぁ、それは置いておくとして、最近はあることを懸念している。

「さて、この世界樹が発芽したら、セレネのために引っ越しを考えようかな」

私とテトとセレネだけの今の生活は、人間社会としては非常に不健全だ。

世界樹が発芽し、順調に魔力を生成し始めたのなら、結界魔導具に新たな機能を追加する予定だ。

それは、周囲の魔力を吸収する稼働維持機能である。

80個の結界魔導具を維持するのに、約4万の魔力が必要である。

それを植物や樹木が生成する魔力で補おうとするために、魔力生産量の多い世界樹を無数に植えたのだ。

これで私が毎日管理する必要がなくなれば、年に数度の定期的な魔導具の点検だけで済む。

そうして、【虚無の荒野】の再生を始めて3年目には、世界樹の種が芽吹き、苗木の段階で当初の予想以上の魔力を生み出してくれた。

世界樹の苗木1本につき一日に約1500魔力を放出し、植えた世界樹の苗木30本だけで、結界維持に必要な魔力を賄うことができた。

また、冬でも枯れずに青々とする世界樹は、魔力を安定して生み出し続け、成長すれば更に一日の魔力放出量が増えるだろう。

結界内の魔力は、一定以上の濃度を維持し、余剰魔力を【虚無の荒野】に放出するように設定した。

【虚無の荒野】の中心部から離れても問題が無くなった私たちは、【虚無の荒野】の中心地からガルド獣人国に近い南東方向の外縁部に拠点を移す計画を立てるのだった。

7話【新しい家に引っ越した】

世界樹を植えて作った自己循環型結界装置システムは、すぐに改良が行なわれた。

世界樹は、低魔力下でも育成可能な性質を持つ上、大量の魔力を産み出す。

そんな世界樹の苗木を【虚無の荒野】の各地に植樹し、世界樹を起点に魔力を吸収して結界を展開する独立型の結界魔導具を設置して、魔力生成スポットとした。

結界魔導具は、取り込んだ魔力量に伴って結界の範囲が自動的に広がるように設定した物であり、世界樹と結界魔導具を中心に小さな林が形成されるだろう。

「一度、植樹と魔力生産のノウハウができると、作りやすいわね」

「魔女様の努力の成果なのです」

「テトも手伝ってくれたお陰よ」

私とテトは、そうした世界樹の魔力生成スポットの周辺に栄養を含んだ土と植物や樹木の種を蒔いていく。

植物や樹木の種が芽吹き、広がり、少しずつ植物の生えるスポットが誕生するだろう。

一つ一つは小さいが、魔力生成スポットを各所に作り上げたことで、【虚無の荒野】の魔力が着実に増え始めていた。

そんな【虚無の荒野】を再生する一方、セレネの子育ての方にも変化があった。

「そろそろ、セレネも私たち以外の人間と触れ合わせないとね」

【虚無の荒野】の生活では、私とテトとセレネの三人だけの人間関係のために、対人関係に偏りが生まれてしまう。

早急に他の人たちとの交流を持たないと、セレネのバランス感覚を養えないと思い、ガルド獣人国に近い場所にも世界樹と林の魔力生成スポットを作り、その中に作った新たな住居に引っ越すことを決めた。

「セレネ。今度、町にお出かけするために、町に近い家に引っ越すことにしたわ」

「町には、色々な人がいるのですよ！」

「町⁉　セレネ、行ってみたい！」

事前知識として絵本などで町や自分以外の人がいることを知識として教えていたので、引っ越しはスムーズに行なわれた。

そして、引っ越し先のガルド獣人国に近い魔力スポットでは――

「ママー、テトおねえちゃん。行ってきまーす！」

日避けの麦わら帽子に可愛らしいポシェットを肩から掛けたセレネは、元気よく引っ越し先の林の散歩に出かけていく。

「セレネ、あまり遠くには行かないようにね。おやつまでには帰ってくるのよ」

「魔女様、大丈夫なのです！　ちゃんとお供がいるのです！」

前みたいに慌てて転ばないか心配する私だが、そんな私を落ち着かせるようにテトが宥める。

そして、家の裏手からのっそりと二足歩行の人形が姿を現す。

「ゴーレムしゃん！　こんにちは！」

『ゴー』

朝、畑仕事をしていたクレイゴーレムたちがセレネに片手を上げて挨拶をする。


子どもは、色々な物に興味を持つ。

草花や虫、地面の土や石。それに自然発生した無害な魔物のスライム。そして、ゴーレムたちである。

農作業や植樹の手伝いをさせるためにテトが土魔法で作り出したクレイゴーレムたち。

そんなクレイゴーレムを初めて見たセレネは、汚れることも躊躇わずに抱きつき、クレイゴーレムの泥で泥遊びを始めたのだ。

そして――

「ママー、テトおねえちゃん、見て！　くましゃんになった！」

「ちょ、セレネ⁉　何やってるの⁉」

泥遊びとして微笑ましげに見ていたセレネは、何を思ったのかクレイゴーレムをしゃがませて、その頭に二つの泥団子をくっつけて熊と言い張ったのだ。

「ごめんね。嫌だったら、外しちゃっていいから」

「おー、おしゃれになったのです！　良かったのですね」

『ゴー！』

「ママー、テトおねえちゃん、気に入ってくれたみたい！」

こうして遊び相手になっていたクレイゴーレムたちは、セレネに付けて貰った泥団子により熊っぽいシルエットのゴーレムになり、そのお団子が気に入ったようだ。

その様なことがあって以降、ゴーレム同士が互いに捏ねたお団子を頭に付けるのが、我が家のゴーレムたちのトレードマークとなった。


「みんな、遊びに行こう！」

『『ゴー』』」

そして現在、そんな泥団子の耳を付けたクマゴーレムたちを連れたセレネは、今日も近くの探険に出かけるのである。

「ねぇ、テト……」

「どうしたのですか、魔女様？」

「ゴーレムたちって、日に日に成長と言うか、自我が出てきたように見えるんだけど、気のせい？」

私の知識では、ゴーレムは決まった命令に忠実に従う魔法生物である。

だが、明らかにテトが作り出した作業用のゴーレムたちは日に日に人間臭くなっているように感じる。

現に、頭のお団子を喜んだり、セレネの目線に合わせてしゃがんだり、時にはセレネに近い体型まで縮んでいるのだ。

「気のせいじゃないと思うのです」

「あー、やっぱりか。可能性として高いのは、精霊かしらねぇ……」

私は遠い目をしながら、開拓村でのことを思い出す。

以前、開拓村で石鹸植物を鉢植えで育てた時、お世話していたテトの魔力を浴びたために、精霊らしき物が誕生したことがある。

テトが作り出したゴーレムも、テトが用意した泥土を素材にテトの魔力を浴びているので鉢植えで誕生した精霊と状況的に近い物を感じる。

そのうち、あのクレイゴーレムの中からテトの同族であるアースノイドという魔族か、精霊が誕生するかもしれない。

「まぁ、なったらなったで考えましょうか」

「魔女様、それを先送りって言うのです！」

テトに指摘された通り、問題の先送りであるが、もし現実になっても困ることはないだろう。

テトの同族が増えることは喜ばしいし、この【虚無の荒野】に精霊が誕生したなら、荒れた土地の再生の助けになってくれるだろう。

だが、現在の【虚無の荒野】の魔力濃度などを考えると、そうした変化が起こるのは大分先かもしれない。

そうしてお供のクレイゴーレムを連れて遊びに行くセレネを見送り、私は家でガルド獣人国に行く準備を行なうのだった。

8話【セレネを連れて町に行こう】

「セレネも私たち以外の人との交流をしないといけないから、今日は町に行きます」

「他の人と仲良くなるのですよ」

「はーい！」

元気よく返事をするセレネ。

事前に私が調べ上げた近隣の町の場所は分かっており、その町は、人間と獣人が同じくらいの数存在して暮らす辺境の町だった。

獣人たちの国であるが、セレネと同じ人間たちが程よくいるので、私たちにとって過ごしやすいはずだ。

「お金よし、交易のためのポーションよし、他にも色々持ったから行きましょう。テトはお留守番お願いね」

「はい、なのです！」

「ママ、帽子！　ママは魔女なんだから、帽子を忘れちゃダメ！」

「ああ、ごめんね。ありがとう、セレネ」

マジックバッグ内に入れた物を確認して、いざ行こうとした時、セレネに帽子のことを指摘されて鍔広の三角帽子を手渡される。

そして私は、玄関に立てかけた杖代わりの箒を手に取り、セレネと共に跨がる。

「わぁぁっ、お空を飛んでる！」

「落ちないように気をつけてね！」

きゃっきゃと楽しそうに笑うセレネは、ずっと空飛ぶ箒に憧れていた。

私が各地で旅をした時に集めた本は、子どものセレネに読ませるには、内容がまだ難しかった。

そのために、前世の地球にあった絵本をこの世界の言語に翻訳したものを【創造魔法】で創り出して読み聞かせしていた。

その絵本の中で、黒い三角帽子に黒いローブ姿の魔女が箒に乗って、空を飛んでいる本があり、その姿から私と魔女を結びつけたセレネがあることを聞いてきた。

『ママは、魔女さんなんだよね』

『ん～？　そうよ、どうしたの？』

セレネを膝に載せて絵本を読み聞かせている時に尋ねられて、魔女であると答えた。

『でも、絵本の魔女と違うよ！　帽子がないと魔女さんじゃないよ！』

ある時、フード付きのローブだけでは魔女じゃないと言われて、私はセレネと一緒に魔女らしい鍔広の三角帽子を作り上げた。

とは言っても、まだ幼いセレネにハサミや針を持たせるのは危ないので、セレネは見ているだけであるが、一ヶ月掛けて魔女の三角帽子を作り上げた。

そして、ある時は――

『ママは、お空を飛べないの？』

『空、飛べるわよ。――《フライ》』

『ちがう！　そうじゃないよ！　こんな感じだよ！』

私が飛翔魔法をセレネに見せたが、セレネは強い否定と共に絵本を広げる。

セレネが広げた絵本には、箒に乗った魔女が夜空を飛んでいる絵が描かれていた。

セレネの言う空を飛ぶとは、箒による飛行だったようだ。

それからは、箒型の飛行魔導具を開発したり、それを制御するための魔法を開発したりとセレネの夢を守るために色々大変だった。

ただ、便利なことに普段の飛翔魔法よりも箒を媒体とした飛行は、直線的な加速と魔力軽減効果があった。

そんなセレネとの日々と町に行く準備を思い出しながら、私とセレネは、森の上空を抜けて町に向かう。

家から町まで直線で一時間ほどの距離を箒で飛行し、町の城壁が見えた。

「ママ、大きな壁だよ！」

「あれが町ね。少し離れたところから歩いて入りましょう」

私とセレネは、町の外で地面に降り立ち、城門から町に入って冒険者ギルドを目指す。

そして、町の衛兵さんに話を聞いて辿り着いた冒険者ギルドに入る。

「おいおい、嬢ちゃん。小さな子どもを連れてギルドに来ちゃいけねぇぞ。ここは遊び場じゃないから帰りな」

ギルドの入口近くにいた男性冒険者が、私たちにそう声を掛けてきた。

初めて来た町にいる大勢の人を見て興奮気味のセレネだったが、私やテトよりも体格が良く見下ろしてくる異性という存在に怯えてしまっている。

一応、本の知識として男性と女性の二つの性別があることは教えているが、ここまで違うのかというショックもあるようだ。

「ママ……」

「大丈夫よ。怖がることはないわ」

私は、セレネを宥めながら、冒険者に対して毅然と対応する。

「隣国で登録して、最近は活動できなかったけど、一応私も冒険者よ」

「ギルドカードは本物みたいだな。けれど、子どもを一緒に連れてくるのは感心しないな」

「最近、この近くに腰を据えて住むようになったからギルドに挨拶に来ただけよ。子どもを連れて依頼をこなす気はないわ」

幾つか言葉を交わし、それでも親切心から引くつもりのない冒険者に対して、魔力放出の威圧をする。

魔力量は増えても、【身体強化】で体表を覆《おお》える魔力や魔力の放出量には、限界があるようだ。

それでも久しぶりの魔力放出の威圧は、加減を間違えることもなく、相手も私の力量を漠然とながら把握してくれた。

「お、おぅ、わ、わかった。引き留めて悪かった」

「分かってくれて、ありがとう」

私がそっと笑みを浮かべて通り過ぎる中、セレネは男性冒険者の急な態度の変化に首を傾げている。

そうして、ギルドの受付カウンターに辿り着くと猫獣人の受付嬢が出迎えてくれた。

「どのような用件でしょうか？　ギルドの登録でしょうか？　それとも依頼のご相談でしょうか？」

「とりあえず、このカードからお金の引き下ろし。それとこの町に子どもを預けられる場所はないかしら」

「えっ、あっ、はい。少々、お待ちください」

ギルドカードに記載されている預金額を見て目を剥き、Bランク冒険者であることに二重で驚き、更に――

「えっ、18歳……」

「そうよ。なにかある？」

登録時に12歳として登録して、イスチェア王国内での活動が約２年。

その後セレネと４年間過ごしたので、公的には18歳ということになっている。

ただ、年齢と外見が一致せずに困惑されるのは、少し新鮮な反応ではある。

そんな受付嬢が驚いている中、セレネが私の服を引く。

「ママ……おしっこ……」

「ごめんなさい。お手洗いの場所を教えてもらえるかしら？」

「あっはい。あちらの方にあります……って、ママッ!?　えっと……本当に、親子？　姉妹とかじゃなくて？」

「育ての親ってところね。本当の母親は亡くなったから」

「そう、だったんですか……」

Bランク冒険者で18歳なのに12歳の容姿で更に血の繋がりのない子を持つなど、要素盛りすぎで受付のお姉さんどころか、隣のカウンターのお姉さんと話を聞いていた冒険者、更に裏方の事務員たちも驚きで固まっている。

それらを無視して、セレネをトイレに連れて行き、戻ってきた時も猫獣人の受付嬢は、まだ若干放心状態だった。

「えっと、ギルドカードから幾ら下ろしましょうか」

「とりあえず、小金貨1枚分を銀貨や銅貨に崩して用意してくれる？」

「わかりました。それと娘さん？　を一時的に預かってくれる場所としては、子持ちの冒険者向けの保育院があります。他には、孤児院や安息日の教会、それと私塾などがあります」

「そう……今後、この町に来た時、保育院に預けることはできる？」

私が尋ねると、受付のお姉さんは、案内の資料を見せてくれる。

「これが一回の料金です」

一日預けて、銀貨2枚と安くはないのは、利用対象が上位の冒険者だからだろう。

子どもが居るから働けない上位冒険者の問題を解消すると共に、それは親の急所になり得る子どもたちを守ることにも繋がる。

もし、子どもが攫われて親の冒険者が脅迫された場合、悪事を働く可能性がある。

そんな親の冒険者が依頼で不在の時の護衛的な料金設定なのだろう。

私が内容に目を通している間、セレネも同じように文字を読もうとするが内容が難しくて分からないようだ。

少し不満そうにした後、受付のお姉さんの頭……と言うか、頭頂部を見詰める。

「……にゃんにゃんのおみみ、かわいい」

子どもならではの言葉に、猫獣人のお姉さんは微笑みを浮かべ、私はセレネに語り掛ける。

「そうね。素敵な耳ね」

「ピコピコして、かわいいの！」

「それに音を良く拾えて、耳がいいって言うわ」

「すごいね！　おねえさん！」

屈託のない笑みを浮かべるセレネに、ほんわかした気持ちがギルドに広がる。

私は、ギルドカードから引き下ろしたお金を受け取り、そしてセレネを預ける保育院の申し込みをして、その日は町で買い物をする。

必要な物を【創造魔法】で揃えられる私だが、それでセレネに、物とは自然に湧き出ると思われては困る。

なので、お金の使い方をセレネに教える。

「ママ。ワンワンのヌイグルミ！　かわいいね！」

「ええ、そうね。すみません、それは幾らですか？」

「それは、銀貨1枚半だよ」

布の質はちょっと粗いが、茶色っぽい犬のヌイグルミをセレネは気に入ったようだ。

【創造魔法】で作れば、もっと質のいいものを生み出せるが、物に対する愛着をセレネに覚えさせるために、購入する。

「それじゃあ、セレネ。自分でお金を数えて、買うことできる？」

「セレネ、できる！　えっと、銀貨が1枚と……大銅貨が1、2、3、4、5枚！」

ちゃんと数えることができたセレネは、雑貨屋のおじさんに渡して、ヌイグルミを受け取る。

両腕で犬のヌイグルミをぎゅっと抱き締めたセレネは、本当に可愛い、天使のようだ。

「セレネ。汚れたらいけないいし、両手が塞がったまま歩くと危ないから、一度仕舞いましょう」

「うん。ハリー、また後でね」

早速、犬のヌイグルミに名前を付けたようだ。

確か、セレネに与えた絵本に出てくる犬の名前だったか。

そんな風に町で買い物をした後、私とセレネは、午後には町の外に出て、空飛ぶ箒で【虚無の荒野】を目指す。

途中で疲れたのか箒の上でお昼寝をするセレネを優しく抱えながら、テトが待つ家に帰るのだった。

9話【ある日、森の中、アリさんに出会った】

私たちの生活は、週に二日か三日、町に通う日々が続いた。

セレネに社会性を学ばせるために、町の保育院に預け、その間私は、冒険者ギルドの依頼を受けたり、【虚無の荒野】の大結界の外に生える薬草や、それらを使ったポーションなどを納品する。

そんな中――

『ママ～、絨毯って空を飛ぶの？』

アラジンと魔法のランプの話をセレネの寝物語として聞かせた数日後、お風呂上がりに足元に敷いた濡れたタオルを見ながら、そんなことを言う。

『あれは、特別な絨毯なのよ。だから、普通の絨毯は飛ばないわね』

『そうなんだ……』

そう寂しそうに呟くセレネ。

空飛ぶ箒の次は、空飛ぶ絨毯かぁ、と空を仰ぐ。

ただ、空飛ぶ箒の積載量だとテトを連れていけないので、新しい移動手段を考えていたために、空飛ぶ絨毯を作ることにした。

重力制御などの要素は、既に空飛ぶ箒で学んでいるのでその応用だ。

更に魔力を通しやすい糸を創造して、素体となる絨毯に糸で魔法陣を縫い付ける。

そうして毎日、夜なべをして完成させるのに、二ヶ月ほど掛かった。

「やったぁ！　空飛ぶ絨毯だぁ！　これでテトおねえちゃんもいっしょに町に行けるね！」

そんな風に喜ぶセレネに、それが理由か、と苦笑を浮かべる。

「セレネは優しいのです。テトは嬉しいのです」

「テトおねえちゃん、くすぐったいよ〜」

そんなセレネをテトが存分に褒めながら、体をぎゅっと優しく抱き締める。

コロコロと可愛らしく笑うセレネを見詰めるが、今日も予定は詰まっている。

「それじゃあ、今日からテトも一緒に町に行きましょう」

そして、空飛ぶ絨毯に乗った私たちは、今日も森の上空を飛んで、町に向かうのだが——

「ママ、あれ？」

「ええ、分かってるわ。テトはセレネをお願い！」

「了解なのです！」

町に近づくと、近くの平原に隣接する森の中で黒い何かが蠢《うごめ》くのが見えた。

私は、空飛ぶ絨毯を上空に止めて、その絨毯の上から飛び降りる。

マジックバッグから使い慣れた杖を取り出して、飛翔魔法でセレネが指差した場所を目指す。

「あなたたち、助太刀は必要？」

「誰だか知らないが頼む！　小規模のスタンピードだ！」

「分かったわ、喰らいなさい！　――《アイス・ランス》！」

森から出てこようとしていたのは数百を超える蟻型の魔物――グラン・アントたちだ。

私は、5万を超える圧倒的な魔力量から大量の氷槍を生み出し、魔物たちの頭上に降らせていく。

Dランク魔物のグラン・アントはこちらを脅威に感じたのか、仰ぎ見て、顎を開閉させて蟻酸を吐き出すが、私の結界に阻まれて届かない。

更に大量の氷槍を生み出して、一方的に魔物たちを蹂躙し続ける。

数百の蟻の魔物は、僅か三十分程度で全滅させることができ、他の魔物がいないことを確認して、地面に降り立つ。

「あなたたち、大丈夫？」

「あんたは……たしか子連れの」

「Bランク冒険者、魔女のチセよ」

私の容姿とは裏腹に、Bランク級の脅威である魔物のスタンピードを単独で殲滅する能力には納得したようだ。

「助太刀助かった。あれだけの魔物とぶつかり合っていたら、こっちも被害が多かった」

「そう、それじゃあ、私は町に行くから」

「おいおい、ちょっと待て！」

後のことはこの場に居合わせた冒険者に任せて、町に行こうとしたが、止められてしまった。

「なに？」

「いや、普通は、魔物の解体とかするだろ。ほら、魔石とか甲殻とか」

「あなたたちに全部あげるわ。保育院に娘を送り届けないといけないし」

そう言って、軽く合図を送ると、離れた場所に滞空させていた空飛ぶ絨毯がやってくる。

「ママすごい！　全部やっつけちゃった！」

「ええ、もう怖いアリさんは居ないから、お友達に会いに行きましょう」

「はーい！」

「じゃあ、そういうことで……」

そう言って、何か言われる前に空飛ぶ絨毯に乗って、町に向かう。

テトだけは倒したグラン・アントの死骸を見て、魔石……と小さく呟いていたので、いくつか回収しておけば良かったかな、と少しだけ後悔する。

町の出入り口では、既に門番の人と顔馴染みになっているが、テトはこの町に初めて来たので軽く自己紹介してからギルドが運営する保育院に向かう。

「それじゃあ、私とテトは、お仕事してくるから良い子で待ってるのよ」

「はーい！　キャルちゃんとトゥーリちゃんと遊んでるね！」

保育院には、上級冒険者の子どもたちが預けられるが、その手伝いとして孤児院の年長者もやってくる。

そんな預けられた子どもたちの中でセレネは、キャルちゃんとトゥーリちゃんという同年代の女の子と仲良くなっているようだ。

キャルちゃんが猫獣人の女の子で、トゥーリちゃんが犬獣人の女の子だ。

どちらも可愛らしく、仲良く遊んでいるところを見ると、ほっこりとする。

まぁ、ちょっとイタズラ好きな男の子や意地悪する子もいるために、そうした子が預けられる曜日は避けて、更に嫌なら逃げてしまってもいいことを伝える。

『みんな、仲良くしなきゃいけないんじゃないの？』

『全員と仲良くするのは、難しいからね。嫌な人、嫌いな人と無理に関わるよりも距離を取って逃げちゃっていいのよ』

保育院に通い始めて、子ども同士の付き合い方の話をしている時、そういう話をした。

納得していないが、みんな仲良くなど無理なのだから、当たり障りのない距離の取り方を覚えてくれれば、と思う。

そんなセレネは、着実に人付き合いを覚えて、日々楽しそうに保育院に通っている。

「さて、私たちの方もギルドに行きましょう」

「はい、なのです！」

セレネを預けた後、ギルドに向かった私たちは、ギルドの納品カウンターに立ち寄ろうとするが、その前に受付嬢に呼び止められた。

「チセさん！　良いところに！　ギルドで緊急依頼が出てます！」

「緊急依頼？」

「小規模のスタンピードが発生してグラン・アントの群れが見つかりました！　このままでは町にぶつかると思うので、その討伐です！」

魔境に接する冒険者ギルドでは、小規模なスタンピードは珍しくない。

今回は、Dランク以上の冒険者に向けた強制依頼で、Bランクの私もその対象に入る。

セレネちゃんを預けたなら、すぐに救援を！　と叫ぶように言う受付嬢だが、私は聞き流す。

「あー、それなら問題無いわ」

「問題無いってどういうことですか！」

「いや、来る途中に交戦中の冒険者を見つけたから、助太刀してきたのよ。多分、魔物の死体の解体と生き残りでも狩ってるんじゃないかしら？　はい、今回納品分のポーションと薬草よ。精算お願いね」

そう言って、マジックバッグから次々とアイテムを取り出す。

「多分、もうそろそろ伝令でも来るんじゃないかしら？」

そう言って、精算が終わるまでギルドの一角で休ませてもらう。

そうしていると、冒険者の使い魔か何かが開け放たれたギルドの窓から飛び込み、手紙をギルド職員に渡している。

そして――

「先程は失礼しました。ご助力、ありがとうございました」

「別に構わないわ。娘を保育院に送る途中で見つけたからね。娘の前で負傷者が出そうな状況を見過ごすわけにはいかないからね」

「それでもありがとうございます。確認が取れ次第、討伐依頼の報酬をお支払いします」

けれど、あの慌て様とグラン・アントの群れと対峙する冒険者の戦力から言って、強制依頼で送り出す戦力にしては少ないように感じる。

「なにかギルドの方でも事情があるの？」

「実は、こちらの地方の領主様が、北東方向にワイバーンの群れが出たとのことでそちらの方に上級冒険者たちが取られて……」

「そう……まぁ仕方がないわね」

割のいい依頼だったのか、挙《こぞ》ってその依頼を受けた結果、戦力の空白ができたようだ。

互いに労っていると、猫獣人の受付嬢が一緒にいるテトに気付く。

「そう言えば、そちらの方は？」

「ああ、前に説明しなかったかしら、パーティーを組んでいる人がいるって。予定の都合上、拠点としている家で待っててもらってた子よ」

「テトなのです！　魔女様と一緒にパーティーを組んでいるのです！」

そう言ってテトがギルドカードを渡し、私の時と同じように驚かれる。

「テトさんもBランク!?　それに、22歳……」

ロリ巨乳な美少女のテトは、ギルドカードを作成した時が公称16歳なので今年で22歳になっている。

実際にはゴーレム娘であるために外見年齢と実年齢が一致しないが、まぁややこしくなるので言わないでおく。

「チセさん……なにか若返りとか、若さを保つ魔法とか使っているんですか？」

「ただ、魔力量が多いだけよ」

まぁ魔力量を増やしすぎて、不老になっちゃったし、テトも寿命不明で人間じゃないから、と内心呟く。

「はぁ……羨ましいですね。獣人族は、種族全般的に魔力が少ないので、魔力で寿命が延びる人は極少数ですよ」

そうぼやく猫獣人の受付嬢。

獣人族の魔力量は、人間よりも魔力が突出して多い人の割合は少ないが、一般人の魔力量は人間と同じで50～１００前後らしい。

その分、身体的な強度や柔軟性が高く、魔力が多い人は、身体強化を扱える他に種族固有スキルである【獣化】などを使える場合があるらしい。

「まぁ、そんなことはいいんじゃない。それよりポーションと薬草はどう？」

「はい。今回も買い取らせていただきます。代金は、こちらでよろしいですか？」

受け渡された代金を見て、頷く。

若干、イスチェア王国での買い取り額に比べて高めであるが、それがこの地域の値段である。

ガルド獣人国の国民の7割は、獣人種族である。

獣人は、自己治癒力が高いのでちょっとの怪我ではポーションを使わない反面、自己治癒力では治りきらない怪我には、良質なポーションが必要である。

そのために下級のポーションの需要がないので、調合技術を育てにくい。

そんな土地柄なので、良質なポーションを確保する機会が少ないのだ。

そのために、私の作る高品質ポーションは需要が高く、割増しで買い取られるのだ。

ちなみに、獣人族は突出した魔力持ちが少ないので、マナポーションの需要はあまり高くない。

そんなこんなで軽く受付嬢から情報を聞いたり、依頼掲示板での採取依頼などを確認し、良い感じの時間になったので私は、保育院にセレネを迎えに行って空飛ぶ絨毯に乗って【虚無の荒野】まで帰るのだった。

10話【虚無の荒野の管理とリリエルへの報告】

【虚無の荒野】に冬が訪れた。

雪が積もり、猛烈な吹雪が巻き起こる冬には、獣人国の町に行くのも大変であるために、春まではお休みである。

「春になったら、キャルちゃんとトゥーリちゃんと交換するんだ」

そう言って、白いハンカチに刺繍をしているセレネを見守りながら、時に本を読ませたり、勉強したり、一緒に料理を作ったりして家の中で過ごす。

そしてその合間に私は、空飛ぶ箒に跨がり、【虚無の荒野】各所の魔力生成スポットを見て回った。

【虚無の荒野】は、未だ魔力濃度が低い。

万が一にも結界魔導具が破損した場合には、結界内の魔力が大量流出して、植物の生命活動が維持できずに枯れてしまう。

そのために、各地の魔力生成スポットに設置した結界魔導具と世界樹、そして周囲の木々を確かめたのだが――

「これは、ちょっと予想外ね」

目の前の光景に私は、少し困惑する。

「結界を貫いて、世界樹が生えているわね」

目に魔力を集めて、【魔力感知】をすれば、ドーム状の小さな結界を貫いて、世界樹の若木が結界の外に伸びている。

しかも、世界樹は、低魔力下でも育成可能な植物であるために、結界の外に出ている部分は、冬でも変わらず青々とした葉っぱを付けて、魔力を放出している。

世界樹の成長に合わせて結界が広がるように設定したが、その結界の範囲拡大が追い付かずに、世界樹の枝葉が結界を突き抜けて成長しているようだ。

結界外に飛び出した世界樹の部分からは、直接【虚無の荒野】に魔力を放出している。

「予想外だけど、私が魔力を注いで結界を大きくすれば、いいか」

そう結論付けた私は、石柱型の結界魔導具に追加の魔力を注ぎ込み、結界の範囲を広げる。

「これで、世界樹と結界の範囲の釣り合いが取れた。けど、たまに見に来ないとダメね。他のところも調整が必要そう……」

ついでに雪に覆われた地面の一部を魔法で退けて土を確認すれば、生えた草木が枯れて腐ったのか薄いながらも新しい土の層ができていた。

見事な循環型のサイクルができたように思う。

「これなら、春になったら新しく幾つかの地点に世界樹を植えてみるかな？　そうだ。ついでにこれも蒔いておこう」

ついでに雪を退けた地面に【創造魔法】で創り出した薬草の種などを蒔いて、軽く土を被せる。

「薬草は、魔力が多い場所に生える特徴があるから、もしかしたらね。春が楽しみね」

結界内は、一定以上の魔力濃度になるように余剰魔力を外部に流しているが、それでも薬草が育つには十分な魔力量がある。

育った薬草の群生地からは、普通の樹木並の魔力を得られる計算だ。

そんな感じで各地の調整を行ない、箒で飛んで家に帰ってくると、テトとセレネがシチューを作って待っていた。

「ママ、お帰り～！　シチュー温めておいたよ～！」

「今日は、お風呂に入って三人で寝るのです！」

「ふふっ、そうね。今日は暖かく過ごしましょう」

家族が迎えてくれる穏やかな冬のある日、いつものように眠りに就く。


…………

……

……


『久しぶりね。チセ』

「リリエル。どうかしら、神の目から見た【虚無の荒野】の様子は」

4年、いや5年ぶりだろうか。

セレネを育てながら、リリエルに植え付けられた知識を活用して【虚無の荒野】の再生に努めていた。

『ええ、わずか5年なのに目覚ましい成果よ。【虚無の荒野】に緑が幾つもできるなんて、夢のような光景だわ』

「そう、それはよかった」

『だけど、本当に驚いたわ。【創造魔法】で世界樹を創り出すなんてね。あれは原初の世界にあった木々よ』

「原初の世界?」

『ええ、創造神が世界創造のために創り出した植物よ。この大陸にもエルフの集落に1本だけ残っているわ。世界全体だとどれくらい残っているのか分からない貴重な植物よ』

それと同質のものが、若木だが無数に生えているのだ。驚くことだろう。

だが、私は新種の植物を作ったつもりだが、過去にそうした植物があったとは。

まぁ、人も神も考えることは同じと思うべきか……。

それとも私の意を酌んだ【創造魔法】が、そうした植物を選んで創造してくれたのか……。

他にも、リリエルたち神々が張った大結界内に更に結界を作り、そこから小規模な再生を目指したのは、人間らしい技と評価された。

『神々は、地上への細かな干渉が難しいから小規模な範囲でも再生ができたのは凄いことよ。それにチセが魔力を放出してくれるお陰で、放置しているだけでも後1000年ほどで【虚無の荒野】の再生が終わるわ』

「随分と時間が掛かるわね」

『それでも再生の見通しが立っていなかった頃に比べれば、破格の進歩よ。最低でも1万年は掛かると思ってたわ』

1万年と言われても実感が湧かないが、自然に任せれば後1000年というとかなり再生までの期間を短縮できたことがわかる。

ここで自然に任せることなく、引き続き【虚無の荒野】の再生を目指していくつもりだ。

「まぁ、ボチボチ世界樹の数を増やしたり、魔力の放出を続けるわ」

『ええ、お願いね。でも、気をつけてね。人間は欲深いわ。再生した土地を巡った争いが絶対に起きる。それで森林が焼かれて、折角植えた世界樹が失われてしまうわ！』

なるほど、人間同士の争いに関しても忘れていた。

【虚無の荒野】の再生を進めていけば、いずれ外界と隔絶する大結界をリリエルが維持する必要がなくなる。

そうなれば、誰でもこの土地に立ち入ることができるようになる。

『だから、チセには【虚無の荒野】を実効支配してもらうわ！』

そう言われてしまうと、困ってしまう。

「なら、何らかの方法で周辺国の首脳陣に不可侵契約を結ばせないとね」

『さらりとそういうこと言えるチセ。私、好きよ』

嬉しそうにそう言うリリエルだが、あまり褒められた気がしないのだ。

『まぁチセなら、魔物の災害を単独で解決するとか、王侯貴族の手助けしたとかで、なんだかんだで契約をもぎ取れるでしょ？　頑張ってね！』

「随分投げやりね。まぁ、機会があったら狙ってみるわ」

これで【虚無の荒野】の報告と今後の方針の相談は、決まった。

そして、真面目な報告が終われば、リリエルの雰囲気が少し和らぐ。

『それでどう？　子どもとの生活は？』

私の話を聞きたい、とばかりに笑みを向けて尋ねてくるリリエルに、私は答える。

「楽しい、と言うより、毎日が驚きの連続よ」

私たちだけの【虚無の荒野】での生活の中だけでも、クマゴーレムが生まれて驚いたり、空飛ぶ箒や空飛ぶ絨毯があるとセレネが信じるために、その夢を壊さないようにそうした魔導具作りに挑戦した。

セレネが保育院に通うようになれば、子ども同士の交流や保育院の先生たちから色々なことを教わり、それを私やテトに披露するのだ。

その時の自信に満ち溢れたセレネのドヤ顔が可愛くて、仕方が無いのだ。

冬場の今も町に行けないために、本を読んだり簡単な勉強、裁縫を教えたりして日々楽しく過ごしている。

『子どもが可愛くて仕方が無いのね』

「ええ、もちろんよ。だって、私たちの自慢の娘だもの」

そう答えるとリリエルが、親馬鹿ねと苦笑気味に呟き、リリエルとの夢見の邂逅が終わった。

以前よりも魔力量が増えたために魔力枯渇は起きないが、それでも寝ている間に半分近くの魔力を消費していた。

ふと隣を見れば、川の字で寝ているテトとセレネの幸せそうな寝顔を見ることができた。

そんな二人の寝顔を見ながら、私も今日は二度寝することにした。

11話【チセ24歳、テト28歳、セレネ10歳】

気付いたら【虚無の荒野】に住み始めて、10年が経っていた。

セレネも10歳になり、外見年齢が私たちに近づいてきた。

知らない人が並んだ私たちを見れば、毛色の違う姉妹か友達のように見られるかもしれない。

もう少ししたらセレネの方が大きくなって、私の方が妹のように見られることを今から危惧している。

「お母さん！　魔法を教えて！」

最近では、友達の影響か、自立心の芽生えか、呼び方がママからお母さんに変わったセレネが、魔法を教えて欲しいとお願いしてきた。

「魔法ねぇ。まぁいいけど……」

そして成長に伴って魔力量が増えて、５歳の頃には既に３０００まで増えていた。

そんなセレネに対して、あまり魔法を教えるのは気が進まなかった。

魔力量が増え、効率的に魔力を体に巡らせることで老いが遅くなるので、セレネも私のような幼い外見のまま不老になって欲しくない。

なので、そのことを説明すると――

「そうなの⁉　じゃあ、お母さんとテトお姉ちゃんと一緒に居られるね！」

やだ、うちの天使、本当に可愛い。

そうして、魔法を教えることになったのだが、私の魔法はほとんど感覚と魔力量によるゴリ押しで使っていた。

そこで夢見の神託で女神・リリエルに魔法について教えを請うた結果――

『【身体強化】の上位【身体剛化】を教えるわ。簡単に言うと、体に纏う魔力の密度を更に上げた状態のことね』

この【身体剛化】は、【身体強化】でも防げない攻撃を防ぐのに役立つらしい。

以前、Aランクの魔物であるデスサイズ・マンティスにテトが切られたことがある。

デスサイズ・マンティスの鎌への魔力の高まりは、【身体剛化】の予兆であり、テトの【身体強化】はそれに打ち負けて切られたのだとか。

これを扱えることがBランクとAランク冒険者を分ける一つの目安らしく、私とテトはセレネの親と姉としての威厳を保つために習得した。

他にも――『魔法の扱いが雑なのよね。もっと魔法の術式の要素を意識して』――と魔法の指導も受けた。

魔法の要素とは、強化、変化、放出、操作、具現化、その他に分けられる。

例えば、水属性の《アクアバレット》は、水を『具現化』し、その形状を『強化』して『放出』する。

更に高度な魔法だとそれに追尾性能を付与した『操作』の要素が加わる。

そんな感じで現在使っている魔法を改めて要素に分解して、再構築してみたら、魔法の威力を向上させることができた。

こうした魔法の指導を受けた魔法使いと受けていない野良の魔法使いでは、大成する可能性が大分違うのは納得である。

そんな感じでリリエルから指導を受けた私がセレネにも魔法を教えた結果――

「はぁぁっ！」

「いい一撃なのです！」

【身体剛化】を使って殴り合うセレネとその攻撃を受け止めながら褒めるテト。

発動時間はそれほど長くはないが、それでもセレネの強化された筋力から考えれば、オークなどの魔物程度なら一方的に殴り倒せるだろう。

そして、使用する水魔法の《ウォーター・カッター》には、かなりの鋭さがある。

ここは【虚無の荒野】の中でも手付かずの場所であるために幾ら魔法を使っても良いし、魔法を使えば、魔力が拡散する。

それに低魔力環境で戦うことで、魔力吸収や魔封じなどの耐性を獲得することができる。

そんな大暴れな二人から目を逸らし、遠くの空を見る。

（――拝啓、名も知らぬセレネの産みの母へ。ちょっと教えすぎて、お宅の娘さん、強くなりすぎました）

まぁ、力を持っても粗暴な行いはしないし、させていない。

あくまで自衛の範囲だ、と自分に言い聞かせている。

そして魔法教育とは別に、私が食べる【不思議な木の実】を見たセレネが食べたそうにするために時折一緒に食べた。

その結果、セレネの魔力量が2万まで増えて、一端《いっぱし》の宮廷魔術師レベルになった。

「セレネ、テト。そろそろ止めましょう」

「「はーい（なのです）！」」

私の呼びかけに二人は、模擬戦を止める。

テトは、今でも町に行けば冒険者相手に模擬戦をしている。

人間だけではなく獣人やエルフ、ドワーフ、竜人などの異種族の冒険者の戦い方も学習しており、様々な戦い方をセレネに伝授していた。

（相手の技を受けて、それを学習して最適化して処理し、教える。テト、恐ろしいわね）

最近は魔石を食べる機会が減っているので、テトの魔力量の上限はそれほど上がっていないが、それでも最適化された動きと【身体剛化】の習得により、かなり強くなった。

「今日は暑いよね～。そうだ！　このまま泉で水浴びに行こうよ！」

「それはいい考えなのです！　水浴びついでにお夕飯のお魚も捕まえるのです！」

10年掛けて再生させた【虚無の荒野】では、数年前から複数箇所の地面から水が湧き出るようになった。

その水場を整備して、泉や川を作り、【虚無の荒野】の結界外の河川と合流させた。

熱い日や模擬戦で火照った体を冷ますにはちょうど良く、また【虚無の荒野】の外に繋がった河川から遡上した川魚が繁殖しているのだ。

「あっ、それじゃあ、テトお姉ちゃん！　私に泳ぎを教えてよ！」

「分かったのです！　セレネに泳ぎ方を教えるのです！」

「二人とも、今日は町に行くから泳ぎはまた今度よ。今日はギルドのお手伝いがあるんでしょ？　それと水浴びしたら着替えは忘れないようにね」

「「はーい（なのです）」」

泉に向かう二人を見送る私は、セレネと【虚無の荒野】の変化を楽しみながら過ごしている。

そして、水浴びから戻ってきたセレネとテトの身嗜みを整えてあげた後、一緒に空飛ぶ絨毯で町に向かう。

以前は保育院に預けていたセレネも大きくなり、今は週に一度ギルドの職員見習い兼、治癒師として手伝いを始めている。

三人で仲良くギルドに入ると、ギルドの雰囲気がいつもと違うことに気付く。

「チセさん、テトさん、セレネちゃん！　いいところに来たわ」

「どうしたの？　そんなに慌てて……」

5年も経てばギルドの受付嬢の顔ぶれも少しずつ変わっていく中、結婚しても変わらず受付を続ける猫獣人のお姉さんが話しかけてくる。

「ダンジョンが現れたのよ。それも隣の領地に！」

「そう、それがなにか問題？」

「問題も問題よ！　ダンジョンが発生した場所は、ガルド獣人国の穀倉地帯のど真ん中なのよ。しかも炎を吐く魔物が多いから、万が一スタンピードが発生したら穀倉地帯が焼けて、この国に大量の餓死者が出るわ！」

管理が難しく、ダンジョンを利用するよりもデメリットが大きい場合には、ダンジョンコアを確保してダンジョンを消滅させる必要がある。

「それで、ダンジョンの規模は？」

「推定Bランク以上です。だから、お二人にお声がけしたんです。それとCランクの冒険者たちには、ダンジョンの入口から魔物が現れないか、警戒してもらっています」

そろそろ秋の収穫時期が近い。

ダンジョンの早期討伐はできなくても、収穫を終えるまで乗り切れば、猶予が生まれる、という考えもあるのだろう。

そういうことなら納得である。

「私も食料品が値上げされるのは困るのよねぇ。けど、セレネは……」

「私もお母さんたちの手伝いがしたい！　ただ待ってるだけじゃ嫌！」

以前の小規模なスタンピードの討伐を機に、時折Bランク依頼を頼まれるようになった。

Bランク級の依頼は月に1度か2度発生するが、大体受けられる強さの冒険者が、身体の調整や装備の修理などでタイミングが合わない時は、私とテトが引き受けていた。

そうした時は、セレネは、保育院にお泊まりしていた。

だが今回は、ダンジョン攻略が目的であり、どのくらいの時間が掛かるか分からない。

「……わかったわ。ただし、セレネはダンジョン攻略じゃなくて、現地の冒険者ギルドの手伝いだけよ。セレネに対する推薦状をお願い出来る？」

「わかりました！　火を吐く魔物が多く、怪我人も多いそうですし、治癒師は大歓迎です！」

そうして私たちは、ギルドでダンジョン攻略の話を聞き、すぐさまその場所を目指した。

他の冒険者は馬車などで移動するが、私たちは空飛ぶ絨毯で馬車の数倍の速度で進んでいく。

そして、一度地上に降りて野営をして、目的地に辿り着いたのは、翌日の昼前だった。

12話【小さな治癒師セレネの活躍】

ダンジョンが発生した穀倉地帯は、一面に黄金色に輝く小麦が揺れている。

その真ん中に、大きな赤黒い岩の塊があり、その周りの小麦畑は全て刈り取られていた。

内部から魔物が出てこないように冒険者たちが警備したり、入口にはダンジョンで怪我をした冒険者たちを治療する簡易治療施設も設けられていた。

そんな場所に空飛ぶ絨毯で降り立つと、周囲の冒険者たちが警戒する。

「私たちは、他のギルドからダンジョン攻略の要請を受けて来たBランク冒険者よ！」

声に僅かに魔力を乗せて告げれば、外見から訝しげに思いながらも私たちが取り出したカードとギルドからの推薦状を確認する。

「援軍か！　それなら、冒険者ギルドの出張所に行ってくれ。そこで話が聞ける」

「分かったわ」

私はテトとセレネを連れて歩き出す。

そして、出張所に辿り着くとギルドマスターらしき獣人の男性が陣頭指揮を執っているが――

「ああ？　なんでこんなところにガキがいるん――『誰がガキよ。少しは相手を見て喋りなさい！』――っ⁉」

イスチェア王国でテトと旅をしていた時、初めて訪れるギルドで、私たちは外見で判断して絡まれることが多かった。

そのために私は、魔力放出による威圧をしながら、外見で判断する相手を初手で黙らせる。

一々、お約束のごとく絡まれるのも面倒なのである。

「辺境のヴィル町の冒険者ギルドよりダンジョン攻略の要請を受けて来た魔女のチセよ。これがギルドカードよ」

「テトは、剣士なのです！　はい、なのです！」

「あ、ああ……悪かった。って、24歳⁉」

外見が12歳で止まっているが、公称24歳となっているので驚かれた。

そして、すぐに正気に戻った熊獣人の男性が、私たちに自己紹介をしてくれる。

「俺は、近くの町、ガナードでギルドマスターをしているナベアだ。それで……」

ガナードのギルドマスターのナベアさんが、応援に来た冒険者の私たちと一緒に居るセレネを見るので説明する。

「私の娘を町に残して来れなかったから、連れてきたわ。それとこっちがセレネのギルドからの推薦状よ」

「はぁ？　子ども連れ？　と言うか、こんな場所に子どもを……って……」

ヴィルの町のギルドからの推薦状には、セレネのことが書かれていた。

年齢はまだ10歳だが【回復魔法】の腕前は、Bランク冒険者の私が教えているためにかなり高い。

以前、ヴィルの町で起きた火災の際に、全身火傷を負った被災者の治療を成功させ、現在ではギルド職員見習いとして、ギルド専属治癒師と変わらぬ働きをしてくれることが書かれている。

そんな手紙と緊張した面持ちのセレネを見比べるギルドマスター。

「そんなに私の娘を見詰めて、怯えさせないでよ」

「いや……色々と困惑しているんだが……本当か？」

「もう怪我人はいるでしょう？　セレネに治療させれば、その腕が分かるはずよ。セレネ」

「大丈夫！　できるよ！」

セレネに魔法を教える時、人体解剖学の本を読ませたり、倒した人型の魔物の死体を引き摺って実際に、内臓などを見せたりした。

スパルタを決めすぎた気がするが、今ではギルドの手伝いで小さな魔物を一人で解体できるくらいには、血や臓物の匂いに慣れている。

「セレネは、見習い扱いでいいけど、その分、安全な宿屋の手配と同性の冒険者を護衛に付けてね。もし問題が起こったら――」

再び、ギルドマスターに脅しも込めて、魔力を放出すると、コクコクと首振り人形のように頷く。

そして私は、セレネを連れて簡易治療施設に立ち寄り、早速怪我人を診る。

「セレネ、教えた通りにやりなさい」

「うん、お母さん」

セレネは、私が教えた通りに、一番の重傷者の許に向かう。

全身の半分近くに火傷を負い、革の防具が溶けて、皮膚に張り付いている。

気道も焼け爛れているのか呼吸が荒く、髪の毛も焼け焦げ、鼻も炭化してもげている。

そんな人の周りには、もう諦めて啜り泣く冒険者が数人いる。

「――《サーチ》《ハイヒール》！」

セレネは、手を翳《かざ》し、魔法を唱える。

体の悪い部分を調べる無属性魔法の《サーチ》で必要な治療部位を調べ上げ、回復魔法を掛けていく。

回復魔法によって新たな皮膚が生まれ、もげた鼻や斑《まだら》に禿げが残りそうな髪皮が再生していく。

「凄い……あの冒険者は、もうダメかと思ったのに」

ギルドマスターが呟く中、冒険者は焼け爛れた気道も治ったらしく、呼吸が安定している。

「う、ううっ……あたしは……」

「「――姉御っ⁉」」

どうやら倒れていたのは、猫獣人の女性冒険者だったらしい。

体を持ち上げた際に、溶けて皮膚に張り付いていた革鎧が古い皮膚と皮脂と共に剥がれ落ち、その綺麗な胸元を晒す。

「あわわっ！　お姉さん、前、前っ！」

「えっ、ちょ、なんだよ、これ！」

「はいはい、あんまり若い子が肌を晒しちゃダメよ」

私が近づいて、マジックバッグから取り出した大きめのマントをそっと背中から羽織らせる。

「セレネ。魔力量はどんな感じ？」

「うーん。だいたい、1割減ったくらい」

「なら、無茶しないでね。魔力枯渇しそうになったら、マナポーション飲むのよ」

「うん、大丈夫。ちゃんとあるから」

「それと子どもなんだから、働き過ぎちゃだめよ。ちゃんとご飯を食べて、夜には寝ること」

「お母さん、心配しすぎだよ」

「それから――『命の危険がある人優先、別状が無い人はまた後日、ね』――よくできました」

ポカン、としている周囲を無視して、セレネに話をした。

「それじゃあ、私とテトは、ダンジョン攻略に行くから頑張ってね」

「うん、お母さんとテトお姉ちゃんも頑張ってね！」

そう応援されてしまったら、母親としては頑張らなければならない。

「それじゃあ、ギルドマスター。うちの娘を無理させない範囲でよろしくお願いします」

「よろしくなのです」

私とテトは、深々と頭を下げてギルドマスターにセレネの事を頼み、ダンジョンの入口の方に向かって行く。

SIDE：セレネ

「もう、お母さんは心配性なんだから」

そう言って溜息を吐く私のところに、お母さんがギルドマスターと呼んでいた獣人のおじさんが来る。

「ほんと、お前さんたちは、何者なんだ？」

「お母さんは立派な魔女だよ！　そして私は、お母さんみたいな立派な魔女？　を目指している女の子だよ」

「魔女？　あー、魔法を使う女のことだよな。なら魔法使いでもいいんじゃ……」

イマイチ分かっていない顔をしているが、お母さんはいつも自分は魔女だと名乗っているので、私もお母さんみたいになるためにそう名乗っているんだ。

あと、お母さんは、魔女と言っているが、特別な意味はないそうだ。

お母さんがくれた絵本の魔女は、みんなお母さんみたいな格好をした魔法使いだから、多分あれが魔女の正装なんだろう。

「それより、ギルマスのおじさん。お母さんがお願いしてた私の護衛って誰になるの？」

「ああ、そうだな。おい、お前たち！」

そうギルマスのおじさんが声を掛けたのは、さっき私が助けた女の人とその仲間の冒険者たちだ。

「この命の恩人の小さな治癒師の護衛をしてくれ！　もちろん、引き受けてくれるよな」

「装備が燃えちまったあたしたちが護衛かい？」

どうやら、私が助けた人たちは、Ｃランクの【山河《さんが》の女豹《めひょう》】って猫系獣人を中心とした女冒険者パーティーらしい。

「装備はこっちで貸し出す。実力がある子どもの治癒師で、余所の上位冒険者の子どもだ。それに他のギルドからの推薦状もあるんだ。だから、護衛を頼む」

「わかったよ。まぁ、こんな小さな子一人だと良くない輩も出てくるだろうし、あたしらがしっかりと守ってみせるよ！」

治療中には、錯乱した冒険者が襲ってくる可能性もあるから、抑えてくれる人がいるとやりやすい。

自分一人だと物理的にか魔法で眠らせてからじゃないと、ちゃんと回復魔法を使えない。

そうして、【山河の女豹】さんたちに護衛してもらいながら、運び込まれた冒険者たちの治療を行なう。

他の治癒師たちも冒険者たちを治療する中、私は特に重傷者を中心に回る。

その中でも、【山河の女豹】のリーダーさんの時のように、怪我人を囲んでいる冒険者パーティーがあった。

その中心にいる重傷者の獣人は、耳が千切れ、魔物の爪痕で目が潰れ、斬り裂かれた腹の傷から内臓が零れて、大量に血を流している。

助かる見込みがないと思われて、治療を後回しにされた人の近くに行く。

「なんだ！　何の用だ！」

「治療に来たわ、そこを退いて」

「またそう言って！　俺たちから金を騙し取るつもりか！　それとも期待させて、獣人は汚らわしいから治療をしないのか！」

そう怒鳴られ、【山河の女豹】さんたちが慌てる。

「この子は、そんなことしないわよ。悪いね、こいつらは隣国から移ってきたやつらなんだ」

「大丈夫です。こういうことはよくありますから」

私が行くヴィルの町では、人間と獣人の人口が半分ずつらしいが、この人たちの出身地は、人間の方が多いらしい。

そして、魔力の少ない獣人の治癒師は、少ない。

それで回復魔法をお願いするのは、他人種になることが多いが、そこでさっき言われたように獣人だからって差別する人がいるのだ。

この人たちは、それを体験して、だから警戒しているのだ。

「やめ、ろ……子どもに、当たる、な」

「兄貴！」

意識がまだある獣人の冒険者に近づき、しゃがみ込む。

「汚くない、獣人さんたちはみんな素敵だよ。――《ハイヒール》」

そう、血で濡れた冷えた手を握って、回復魔法を使って大きな傷を治していく。

本当は、千切れた耳や潰れた目も治したいが、魔力は有限だ。

死ななければ、後で幾らでも何とかできる。

「これで命は繋がった。それじゃあ、次の人の治療に移るね」

「えっ、ああ……」

冒険者たちが唖然とするが、私は重傷者を死なせないために治療していく。

そして、気付いたら夕方になっていた。

「セレネちゃん。そろそろ休む時間だよ」

「あっ、本当だ」

「宿とか食事はこっちで手配したから。今日は休もう」

「色々とお世話になります」

気付けば、簡易治療施設で横になる冒険者は減っていた。

後は、この場に居る治癒師たちに任せて、私は休むことにした。

今回診た人の中で、亡くなった人は居なかった。

けど、潰れた目や千切れた耳や手足、そのくらいの欠損部位なら、私やお母さんが後で再生魔法で治してあげられる。

だから、お母さん、早く帰ってきてね。

13話【炎熱ダンジョンの攻略・前編】

「このダンジョンを攻略すれば、獣人国に恩を売れるわね」

「そして、【虚無の荒野】の土地の所有権を認めさせるのですね！　流石なのです。ところで魔女様？」

「なに、テト？」

「ダンジョンコアの扱いはどうするのですか？」

期待の籠ったような目を向けてくるテトに対して私は――

「ダメよ。前にあったダンジョンコアは、テトにあげたから次は私よ」

「残念なのです」

そう言って、気軽に話している私とテトが居る場所は、ダンジョンの地下10階層だ。

今回の目的は、誰よりも先にダンジョンを攻略するタイムアタックである。

洞窟型の階層が続くダンジョンには、火を噴く魔物などが多く現れたが、私の結界やテトの【身体剛化】を抜けてダメージを与えられる相手は居なかった。

テトの土魔法の《アースソナー》で洞窟内部の構造を調べてもらい、最短経路でドンドンと突き進んでいく。

出会った魔物の魔石を全部テトに渡すと、久々の魔石にテトはたっぷり食べて自己強化していく。

この10年間、セレネの子育てでダンジョン攻略は久しぶりだが、勘は衰えていないようだ。

それに以前よりも魔力量が増えて、今は10万ある。

その魔力量によって、あらゆる障害をゴリ押しで進んでいく。

そうして気付けば、16階層の安全地帯と転移魔法陣を登録していた。

「魔女様〜、ここが他の人たちが一番進んでいるところらしいのです」

「そうね。けど、そろそろ時間だし、今日はここで休みましょう」

懐中時計で時刻を確かめると、既に夕方である。

そろそろ食事と寝床の準備を始めないといけない。

「一度、戻らなくていいのですか？　セレネは心配じゃないのですか？」

「一応、ある程度のお金は持たせてあるし、護身用の魔導具もあるわ。だから、これはセレネが独り立ちした時の予行演習ね」

女の子は、早くて12歳で仕事を持ち、14〜18歳頃には結婚して家庭を持つこともある。

10歳のセレネには、まだ早いと思って過保護にするより、少し早めに独り立ちを想定しないと。

「それに、セレネを襲ってきた人たちが現れた時も対処できるように教えてあるわ。だから、大丈夫よ。大丈夫なのよ」

「魔女様、そう言いながら、魔力が垂れ流しなのです」

ふふふっ、私たちの天使のセレネが独り立ちする、と考えると寂しさで気持ちがどうにかなりそうだ。

もしも結婚するとなったら、相手がセレネを幸せにできる将来有望な相手じゃなければ、絶対に認めん、認めないぞー、と内心吠えている。

そんな私を困ったように笑うテトが後ろから抱き締めてくる。

「そういうことなら、今はテトが魔女様を独り占めなのです～」

「ふふっ、そうね。こうして二人だけってのも久しぶりよね」

そうして、ダンジョン内で一夜を明かしてダンジョン攻略を再開する。

一度戻って現在の攻略状況を確かめようか、などと考えたが、その時間も惜しいと感じ、一気にダンジョンを降りていく。

そして、19階層を越えたところで――

「……魔女様？　人の気配がするのです」

「先行していた冒険者かしら。状況は？」

ダンジョンに潜っていくほど、洞窟内の気温や湿度が上がり、現在の周囲の温度は40度を超している。

火を使う魔物の他にもこの環境は辛いが、私は【虚無の荒野】の管理と調整で慣れた結界を自身に張って魔法で周囲の温度を一定に保っている。

「全員生きているけど、動きが鈍いのです」

「うーん。下の階層とはルートが外れるけど、様子を見に行きましょう」

念のためそちらの方に行くと、息の荒い冒険者たちが地面にうつ伏せに倒れていた。

パーティー全員が熱中症で倒れており、持ち込んだ水も底を突いているようだ。

「み、水を……」

「はいはい。水なら、幾らでもあるからね」

私は、魔法で周囲の温度を下げて、全員に水入りの水筒を渡す。

倒れた人たちは、水を一気飲みしていくので、汗で失ったミネラルを取り戻すために、塩飴も舐めさせる。

「助かった。けど、なんでこんなところに人が？　それに子どもが……」

「私は、一応これでも二十歳越えてるのよ」

「マジか⁉」

最近の定番のやり取りを経て自己紹介をする。

「俺たちは、【竜の顎】ってBランクパーティーだ。この辺り一帯のトップ冒険者をやっている」

「私は、チセ。Bランク冒険者よ。相方のテトも同じくBランクよ。穀倉地帯に炎上の可能性があるダンジョンが生まれたから、消滅させるために来たわ」

そうして彼らから、なぜ倒れていたのかを聞き出した。

「確かに、俺たちも同じ目的だけど、ここはヤバイな。特に温度と湿度が」

「15階層のゲートキーパーを倒して、どんどん進もうと思ったけど、16階層から環境が激変して体が付いていけず……それでもダンジョン攻略を目指してハイペースで突き進んだら、暑さにやられて死にかけたわ」

ダンジョンの早期消滅を目指すのは大事だが、慎重さに欠けるのはダメではないだろうか、と思ってしまう。

「慎重に一度撤退して対策装備を用意した方が良かったわね」

「本当に、面目ない」

いくら上位冒険者と呼ばれて魔物を倒す力が高くても、環境に適応できなければ人間は死ぬのだ。

「それで、どうするの？」

私が倒れていた冒険者たちに尋ねると、不思議そうに首を傾げている。

「ここから自分たちで安全地帯まで帰れる？　それとも私たちがそこまで送り届ける？」

「その……護衛をお願いします。まだ本調子じゃないんで」

Bランク冒険者としての葛藤はあるだろうが、脱水症状による不調や私たちがいなくなった後のダンジョン内の気温を考えて、そう判断したようだ。

「それで、幾ら払えば良いんだ？」

「…………あっ、そうね」

今回、助けたのだから相応の謝礼を貰えることを忘れていた。

彼らからしたら、こんな暑い環境で行き倒れた自分たちに貴重な水――まぁ【創造魔法】で創れるが――を提供し、護衛してくれるのだ。

死んだら倒した魔物の魔石や素材、ダンジョン探索の途中で見つけたお宝を持ち帰れずに、文字通り宝の持ち腐れになっていただろう。

それにできたばかりのダンジョンのためにお宝も多くあるのか、ここに辿り着くまでに幾つもの宝箱を発見したようだ。

「そうね。それじゃあ、これまで倒した魔物の魔石の半分で手を打つわ」

「いいのか？　そんなので？」

私たちより先行し、ダンジョンで多くの宝を得ていた。

人によっては見つけたお宝の半分を請求されても文句は言えないだろうが、私はあえて実用的な魔石を貰うことで手を打つ。

「いいのよ。魔石は何かと使えるし、宝飾品は興味がないのよ」

私がそう言うと、彼らはその場でこれまで倒した魔物の魔石をマジックバッグから取り出して差し出してくる。

ダンジョンの攻略時間が長いためか、半分でも最短距離でダンジョンを進む私たちより多くの魔石を持っていた。

「それじゃあ、契約成立ね」

テトが魔石を受け取り、マジックバッグに仕舞った後、彼らを連れて元来た道を引き返す。

16階層の安全地帯まで送り届けると、行き倒れの冒険者たちは頻りに頭を下げてくるので――

「ちゃんと他の冒険者たちに対策装備の重要性を伝えてね。それと、近くに私の娘がいるからよろしく、って伝えてくれるかしら」

そう伝言を頼んだ私たちは、地上に戻らずに再びダンジョンの奥深くを目指していく。

洞窟型ダンジョンは20階層で終わり、21階層では開放型のフィールドに変わった。

「これは、予想外ね」

気温50度を超え、疑似太陽が激しい日射しを降らせる砂漠階層が始まった。

とりあえず、その日は安全地帯のオアシスと転移魔法陣を登録し、そこで野宿をする。

砂漠階層の日中と夜間の激しい温度差は、多くの冒険者の体力と精神力を奪う恐ろしい環境である。

だが、そんな昼夜の寒暖差に、私たちは懐かしさすら感じている。

10年前までの【虚無の荒野】に似た夜の冷え込みを思い出し、テトとホットミルクを飲みながら、ダンジョン内の星空を見上げるのだった。

14話【炎熱ダンジョンの攻略・後編】

SIDE：セレネ

お母さんたちがダンジョンに潜って一週間が経った。

二日目に簡易治療施設に向かい、その日も怪我人の治療を頑張っていると、このダンジョンに挑むトップ冒険者が帰ってきたようだ。

どうやら、ダンジョン内の環境が15階層と16階層を境に激変しており、対策装備がないと長時間の探索は難しいらしい。

そんな環境を気力で進んだ彼らは脱水症状で倒れ、そこに現れたお母さんたちに助けられて、何とか生還できたそうだ。

小さな不調の確認の時に、お礼を言われた。

私は、一緒に帰ってくればいいのに、と思った。

けどお母さんには、何もないところから物を取り出す不思議な魔法がある。

それがあるからダンジョン内で補給が必要な物を揃えられるので、帰還しないでダンジョンに挑み続けられるんだろう。

私がお母さんたちを信頼しながら待っていると、今日も怪我人が運ばれてくる。

少しずつダンジョン内の情報が知れ渡っているのか、みんな対策しているために大怪我を負う人が少なくなってきている。

または、ダンジョン攻略を諦めて、ダンジョンから魔物が溢れないように内部の魔物を減らすことを目的にした冒険者たちが安全に気をつけ始めたのかもしれない。

そうして、今日も時間が過ぎていき、お母さんたちがダンジョンに潜って二週間と少し——ダンジョンが消滅して、お母さんたちが帰ってきた。

SIDE：魔女

正直、ダンジョンの20階層以降は面倒臭かった。

何が面倒かと言えば、ダンジョン下層に続く階段が広い砂漠のどこかにあり、更に砂に埋れていたのだ。

「魔女様。テトも地面を探しているけど、何かに邪魔されているのです！」

また、どこにあるのかテトに探ってもらおうとしても、砂の中を移動する音波を発する魔物たちの妨害によって、上手く探せない。

仕方なく、一匹ずつ音波の発生源の魔物を探して退治してから探っていく。

その作業の傍ら、砂の中に埋れた宝箱なども見つかり、稀少な魔導具などのお宝を手に入れたが、そんなことが10階層も続いたのだ。

その結果、一日に1階層しか進めなかった。

そして30階層のゲートキーパーも、これもまた面倒だった。

なんと砂漠の中を高速で移動する推定Aランクの魔物・ロングワーム（仮名）は、攻撃を加えた箇所から分裂するのだ。

なので、うっかり攻撃したら分裂し、慌てて倒そうと更に攻撃すると短くなって数が増える。

短い無数のワームたちが砂から飛び掛かってくるのは鬱陶しいし、空中に逃げたら泥球を吐き出す固定砲台と化す。

そして、追えば逃げる。

「ああ、本当に面倒臭い！　テト！　一度仕切り直しましょう！」

「了解なのです！」

なので、一度ダンジョンの階層を入り直し、今度は分裂させずに体の端からごっそりと消滅させるように倒していく。

そうして辿り着いた31階層では、ダンジョンの台座からダンジョンコアを回収して終わりだ。

ダンジョンコアの回収が終わると、浅い階層から順番に冒険者たちがダンジョン入口に強制転移されていき、最奥にいる私とテトはしばしの時間の後に同じように転移させられる。

そして地上に戻された私が、ちゃんとダンジョンの岩山が消えているか首を回して確かめると、私たちの名前を呼ぶ声が聞こえた。

「お母さん！　テトお姉ちゃん！」

「セレネ、ただいま」

護衛をしてくれた女冒険者たちを後ろに引き連れたセレネが私に駆け寄ってくるので、正面から抱き締める。

ダンジョン内の面倒なギミックに遅延させられて荒んだ心に、娘からのハグは癒やされる。

「ただいまなのです」

「ちょっと苦しいよぉ～」

そんな私とセレネを纏めてテトが抱き締めるので、セレネが楽しそうにテトに抗議の声を上げた。

二週間、こんなに長く離れたことがなかったし、セレネの意志を尊重して冒険者の治療を任せたが、

一回りぐらい大きくなったように感じる。

「お母さん？」

「セレネもお疲れ様。私たちがいない間、何もなかった？」

「私の方は何もなかったよ。それより、お母さんたちの方が大変だったでしょ？」

苦笑いを浮かべながら、逆に私たちを心配してくれるセレネに子どもの成長って早いわねぇ、と若干、涙目になりそうになる。

「これが終わったら家に帰ってゆっくり休みましょう」

そうして家族の語らいを終えた私は、護衛してくれた女冒険者の人たちに話しかける。

「セレネの護衛、ありがとうね。それで何か問題はありましたか？」

「えっと……なんと言うか、ちょっとお耳を……」

そう言って、こっそりと耳打ちされた内容は、まぁ色々だ。

・助けた冒険者がセレネの回復魔法の能力を見て、パーティーに勧誘しようとする。
・セレネに助けられたことで恋心と勘違いしたのか、求婚される。（お相手は、狼獣人27歳独身）
・セレネの治癒能力に目を付けた不良冒険者が誘拐しようとして、自力で撃退。
・セレネに助けられた人を中心に護衛団が結成される（一種ファンクラブ的な様相）。
・重傷者を優先的に治療し、絶対に死なせないの意志を貫き、小さな聖女と呼ばれているらしい。

「……そう、セレネ頑張ったのね。偉いわ」

「えへへっ、私のできることをやっただけだよ」

私は、満面の笑みでセレネを褒めるが、セレネにちょっかいを出した相手に対する怒りと苛立ちに背中から魔力が漏れ出てしまう。

「魔女様、落ち着くのです。周りが怖がっているのです」

私の魔力に慣れているセレネは、私から漏れ出た魔力に気付かずにキョトンとした表情をしているが、【山河の女豹】の人たちや周囲の冒険者たちを魔力で威圧してしまった。

テトに指摘された私は、褒めるようにセレネの頭を撫でながら、自分の魔力と精神を落ち着かせる。

そうした親子の触れ合いをしているが、うっかり魔力威圧をした周囲から、えっ、なにこの女の子たちというような困惑と怯えを含んだ視線を向けられる。

そして、そんな野次馬冒険者たちの間を縫って現れたのは、ギルドマスターのナベアさんだ。

「ダンジョン攻略したみたいだな」

「ええ、終わったわ。それとセレネのこと、ありがとうね」

「こっちこそ、まさか小さな援軍が、大金星を上げるとは思わなかった。正直、15階層以上あると聞いた時は、早期攻略は無理だと思ったからな」

そんな他愛のない話をして、穀倉地帯から撤収を始める冒険者たちの流れに乗って私たちは、ギルドに向かう。

そこで、今回のダンジョンで手に入れたアイテムの報告と各階層の情報を口頭で伝えていく。

その中で20階層の砂漠階層の厄介さを伝えると、げんなり顔で話を聞いてくる。

「昼夜の寒暖差の激しさに風で流動する砂漠に埋れるダンジョンの階段探し、それに砂の中や上空から襲ってくる魔物たちに、魔法の探知を阻害する魔物たちって……本当に、どうやって攻略したんだ」

「それは、秘密よ」

ただギルド側も面倒な砂漠階層の砂の中に埋れた宝箱をきっちり回収してきたので、文句はないだろう。

そうして――

「今回のことでチセとテトは、Aランクに昇格可能だ。昇格試験は、各国の王都で開催されるんだが、どうする？」

Aランクの昇格試験は、各国の王都の冒険者ギルドで昇格資格を持つBランク冒険者が集まって試験を受けるらしい。

開催回数は、国の規模や資格を保有するBランク冒険者の数で左右されるが、年に2、3回Aランクの昇格試験が行なわれるそうだ。

「そうね。セレネがお嫁に行ったら、旅行がてら昇格試験を受けに行ってもいいかな」

「気の長い話だな。嬢ちゃん、エルフとかの長命種族の血か、ドワーフみたいな小柄な種族の血が流れてるんじゃないのか？」

ギルマスの言葉に私は、ただ曖昧に笑うだけである。

転生者でリリエルに作られた体には、親や血筋など存在しないのだ。

ちなみに、冒険者が何年間も依頼を受けなかったとしても、ギルドカードが失効する制度はない。

この世界には、長命種族のエルフやドワーフ、竜人などがいて、全盛期が長いのだ。

うっかり失念して数年、十数年が過ぎて、有望な長命種族の冒険者がまた一からランク上げをしなきゃいけなくなると、様々な損失が多いからである。

「それじゃあ、最後の本題だが――ダンジョンコアの取り扱いについてだ」

「そうね。買い取り相手は誰かしら？」

「そりゃ、もちろん国だ。今回のダンジョン攻略と合わせて獣人王家から真銀貨（ミスリル貨）50枚で買い取るつもりらしい」

日本円に換算して約5億円は、物価が安いこの世界の一般家庭なら三代先まで慎ましく暮らせる額だろう。

更にダンジョンで見つけたお宝などを売却すれば、お金を稼げる。

だから――

「お金は要らないわ。その代わりに、獣人王家からあるものが欲しいの」

「はぁ？　獣人王家に要求だぁ？　一応聞くが、何が欲しいんだぁ？」

王家の保有する宝物かなにかか？　と思っているようなので、私は答える。

「【虚無の荒野】の土地所有権が欲しいのよ」

私がダンジョンコアを渡す代わりに、獣人王家に要求するのは、あくまで魔法契約だ。

・【虚無の荒野】の所有者は、私にあること。
・土地の内側は治外法権であること。
・国家には帰属しない独立地域とする。

そんな感じの魔法契約の要求だ。

「なんだ、その意味の分からん契約は……」

「まぁ、そうでしょうね」

2000年前から何人《なんびと》も侵入することができない、神々により不可侵の大結界で隔離された場所だ。

例えるなら、頭上の月を指差して、アレは私の物だと認める契約を結ぶように要求しているようなものだ。

月の所有権が認められても、月で何かすることはできず、何かしらの物に対する影響力が得られるわけでもない。

具体的には、そういう意味の分からない契約ということになる。

ただし、自由に出入りでき、10年も暮らす私にとっては意味合いが変わってくる。

「お前さんの意図は分からんが、一応話は付けておくぞ。受け入れられるか分からんが」

「そうなったら、このダンジョンコアは余所に持っていくしかないわね」

「おいおい、ちょっと待て！　それは困る！　わかった、そういう契約で話を持っていくよう努力する！」

頭を抱えるギルドマスターだが、中年男性の頭頂部を向けられても嬉しいものではないので、さっさと話を切り上げる。

「それじゃあ、交渉よろしくね。私たちは、セレネも居るし、セレネがやった回復魔法に対する治療費と提出した素材の報酬を貰って帰るわ」

「帰るって、ヴィルの町から来たんだったか？」

「ええ、正確には、ヴィルの町近くの森ね。【虚無の荒野】の近くなの。そこにある家の畑も気になるからこのまま帰らせてもらうわ」

「わかった。交渉が決まったら、ヴィルの町のギルドに言伝を頼んで、使者を向かわせる。だから、それまでダンジョンコアはどこかに売り払ったりしないでくれよ」

そう言って、ギルドマスターは、溜息を吐いて、私たちを見送る。

私たちは、ギルドでセレネの治療行為の報酬と魔石以外の素材や一部の有用な魔導具以外のお宝などを売却したお金を受け取った。

セレネは、一人につき銀貨1枚だったが、他の治癒師が見限った冒険者を治療し、更に魔力に余裕がある時は、再生魔法で欠損部位の治療もしたようだ。

私たちが帰って来た時に、残っている怪我人は治療すればいいと思っていたが、みんな綺麗に怪我が治されていたので、驚いた。

結果、セレネは治療の報酬として大金貨10枚を受け取り、冒険者ギルドはダンジョン攻略の中でも冒険者たちの人的損失を抑えることができた。

「それじゃあ、そのお金は、セレネのギルドカードに記入しましょう」

「わかった」

身分証明書のギルドカードをセレネも持っている。

ただ、ランク外のギルドカード職員見習いという扱いだが、ギルドカードにお金の預貯金ができる。

大金が舞い込んでも、お金の使い方が荒くなるということがないので、きちんとした金銭感覚ができているのを嬉しく思いつつ、空飛ぶ絨毯に乗って私たちが拠点とする辺境のヴィルの町を目指した。

15話【セレネ11歳の誕生日会】

ダンジョン攻略を終えて、拠点としている辺境の町のギルドで報告した後、【虚無の荒野】の自宅に帰宅して、テトとセレネと一緒にゴロゴロして過ごす。

二週間以上不在だったが、【虚無の荒野】の様子は変わりなく、畑も頭にお団子を付けたクマゴーレムたちが水遣りなどの管理をしてくれていた。

ただ、ゴーレムたちは、テトのように農作物を食べないので二週間で育ち過ぎて食べ頃を逸した野菜などが畑に実っていた。

「お母さん、これも食べるの？」

「食べても美味しくないだろうし、そのまま畑の肥やしにしましょう」

「ちょっと勿体ないのです……」

大きくなりすぎたり、地面に落ちて駄目になった野菜は、食べるのではなく生ゴミとして丁寧に大地に返すことにする。

確かにテトの言うとおり、勿体ないかもしれないが、そうやって世界は巡り巡って、豊かな土になるのだ。

そして、しばしの休暇として1週間ほどのんびりと過ごしつつ、【虚無の荒野】の管理を続けていた。

休暇を終えて、町にポーションや薬草などを納品しに出かけた。

冒険者ギルドには、ダンジョンコアに関するガルド獣人国の王家との話が届いておらず、そのまま【虚無の荒野】に引き籠る時期になる。

そして、冬の初日――

「んっ……朝ね」

いつもの時間に目覚めた私は、同じベッドで抱き締めるように眠るテトの腕から抜け出し、いつもの服に着替える。

「ありがとう、みんな、手伝ってくれて」

そして、朝食の準備をしようと台所に向かうと、家の外からセレネの話し声が聞こえる。

家から出て声の方に向かうと、クマゴーレムたちと一緒に何かをしているセレネの後ろ姿を見つけた。

「おはよう、セレネ。今日は早くに起きたのね」

「あっ、お母さん、おはよう。なんだか朝早くに目が覚めたし、お母さんたちもダンジョン攻略とかで疲れてると思ったから、ゴーレムさんたちと一緒に洗濯しようと思ったんだよ」

振り返って挨拶をくれるセレネは、少し恥ずかしそうに笑う。

そんなセレネとクマゴーレムたちの前にあるのは、木製のタライと石鹸植物から抽出した洗濯石鹸、昨日の洗濯物、そして、セレネの犬のヌイグルミのハリーだ。

タライの中のぬるま湯には、洗濯石鹸が混ぜられて洗濯物の準備が整えられていた。

褒めて、と言わんばかりの笑みを見せるセレネとその後ろで胸を張って腰に手を当てるクマゴーレムたちに笑みが零れる。

「そう、助かるわ。それじゃあ、洗濯はセレネに任せて、私は朝食の準備をするわね」

「うん、任せて！　――《ウォッシュ》！」

自信満々のセレネは、タライの中のぬるま湯を操作して、水球を空中に浮かべる。

そして、その水球の中に渦を作り、クマゴーレムたちがその中に次々と洗濯物やセレネのヌイグルミのハリーを入れていく。

何度も私の洗濯方法を真似して失敗したセレネだが、今では安心して任せられる。

「それじゃあ、今日の朝食はフレンチトーストを用意しましょう。セレネが好きなメープルシロップたっぷりのね」

「フレンチトースト⁉　あの甘くてふわとろのやつ！　っと、危ない危ない」

セレネの好物を用意することを伝えると、その喜びから魔法の制御が疎かになる。

危うく水球が崩れる直前で、セレネが慌てて魔法の制御を立て直す。

その様子にクマゴーレムたちが慌てたり、水が掛からないように少し距離を取ったりする様子が面白かった。

私がここに居て頑張るセレネの集中を乱すのも悪いので、大人しく台所で朝食を作ろう。

そして、私が朝食のフレンチトーストを作っていると、台所の匂いに釣られて眠っていたテトも起き出してくる。

「魔女様、おはようなのです」

「テト、おはよう。そろそろセレネが戻ってくるから食器とお茶の用意をしてくれる？」

「わかったのです！」

起きてきたテトと台所に並び、朝食を用意すれば、洗濯物を干し終えたセレネが家の中に入ってくる。

「ううっ、洗濯物が冷たいね。指先が冷えちゃった」

手先を揉みながら家の中に入ってくるセレネを私とテトが迎え入れる。

「もう冬だからね。朝食ができてるから手洗いとうがいをしましょう」

「それと温かいお茶もあるのです！」

「ありがとう、お母さん、テトお姉ちゃん」

手洗いとうがいをしたセレネは、テトが注いでくれたティーカップを両手で包み込むように持ち、指先を暖めながらお茶を飲み、朝食を食べる。

「ねぇ、お母さん。今年の冬は何して過ごすの？」

美味しそうに朝食を食べるセレネを眺めていると、セレネが尋ねてくる。

深い雪に覆われるこの時期は、人間や魔物などあらゆる生物の活動が停滞する。

そのため冒険者ギルドへの依頼も減るので、私たちもこの時期は【虚無の荒野】に引き籠って過ごしている。

「うん？　そうね。とりあえず今日は、セレネの誕生日のお祝いかしら」

「ちゃんと11歳のお祝いをしないと、なのです！」

赤ん坊のセレネを託されたのは、春の半ばの暖かな時期だった。

セレネの誕生日は分からなかったが、赤ん坊の成長度合いから逆算すると、秋から冬に生まれた赤ん坊だと予測できた。

そのため毎年、秋にセレネの誕生日会を開き、町でプレゼントを買ってお祝いをしていた。

「今年は、ダンジョン攻略で遅れちゃったけど、誕生日をお祝いしないとね」

「美味しい料理を作って楽しく過ごすのです！　今年は、とっておきのプレゼントもあるのです！」

「お母さんたちからのプレゼントってちょっと気になるなぁ。あっ、誕生日会の準備は私もお手伝いする！」

セレネの様子に私とテトは、穏やかな気持ちで微笑みを浮かべ、セレネの好物の誕生日会の料理とケーキを一緒に作ることになる。

「お母さん。この食材って、いつ買っておいたの？」

「……この前、町に行った時よ。マジックバッグの時間経過が緩やかだから、食材を傷めずに保存できるの」

エプロンを着けながら尋ねてくるセレネに、私はそう答える。

本当は、【創造魔法】でこっそり調達していたとは言えないが、聞いてきたセレネには、そこまで深い意味は無さそうだ。

そして調理が進み、時折テトとセレネが料理を味見と称して摘まみ食いするのを苦笑しながら窘める。

残すはケーキを焼き上げるだけとなる中――

「さぁ、次は小麦粉を入れて生地を作りましょうか」

「わかった！　私が小麦粉を取るね！　――《サイコキネシス》！」

「あっ、セレネ!?」

戸棚の高い位置に置いた小麦粉の袋をセレネが念動力の魔法で取り出そうとする。

だが、小麦粉の袋を掴む念動力の力が強すぎたのか、小麦の袋を押し潰してしまい、袋の口から小麦粉が勢いよく吹き出す。

私とセレネの頭上に小麦粉が降ってくるが、冷静にセレネや台所の食材に小麦粉が掛からないように結界を張って保護する。

「お母さん、ご、ごめんなさい！」

「セレネ、大丈夫よ。それより小麦粉を片付けましょう」

「あー、うん。そうなんだけど……お母さん、小麦粉掛かっちゃってるよ」

「………？」

どういうことだろう、と小首を傾げると、頭上からパラリと小麦粉が降ってくる。

ついセレネと誕生日会のケーキを守るために結界を張ったが、自分には張り忘れていたようだ。

「魔女様、セレネ、どうしたのですか？　……おおっ？　魔女様の頭が真っ白なのです！」

誕生日会の準備のために台所から離れていたテトも、私たちの声を聞きつけて様子を見に来た。

「テト、悪いけどお風呂を用意してくれる？」

「了解なのです！　ついでに一緒にお風呂に入るのですよ～」

ケーキ作りを中断して散らばった小麦粉を片付けた後、テトとセレネと一緒にお風呂に入り、小麦粉を洗い流す。

その後、中断していたケーキ作りを再開し、ショートケーキを完成させる。

そして、夜の誕生日会では——

「セレネ、11歳おめでとう！」

「おめでとうなのです！」

「ありがとう、お母さん、テトお姉ちゃん！」

食卓には、セレネの好物が並び、イチゴのショートケーキには11本の蝋燭が立てられている。

その蝋燭を一息で消したセレネは、はにかんだ笑みを浮かべている。

そして、和やかな誕生日会の食事が行なわれ、お楽しみの誕生日プレゼントの受け渡しになる。

「実は、プレゼントを何にしようか悩んだのよ。それでセレネに選んでもらおうと思って」

「ダンジョンで見つけた魔導具なのです！　どれでも一つ選んで良いのです！」

ダンジョン攻略の際に見つけたお宝の多くは売却したが、有用な魔導具などはいくつか手元に残しておいた。

セレネのプレゼント候補として並べた魔導具から、セレネ自身に決めてもらおうと思っている。

そんな並べられた魔導具を見たセレネは、呆れたような表情を浮かべる。

「お母さん、テトお姉ちゃん、やり過ぎだよ」

子どもの誕生日プレゼントに高価な魔導具を贈るなんて、と呆れられてしまったが、それでも一つ一つの魔導具の説明を聞いたセレネは、とある魔導具を選んだ。

「それじゃあ、これがいいな」

セレネが選んだのは、黒塗りの箱のような魔導具である。

「それは、魔導写真機？　セレネは、本当にそれでいいの？」

人の姿や風景を残すには、画家の手によって描かれる絵画が一般的であるが、古代魔法文明には写真が存在した。

そんなダンジョンから生み出された古代魔法文明の写真機をセレネが選んだのだ。

「私はこれがいい。お母さんとテトお姉ちゃんと一緒に写真？　って絵姿を残したい」

そう言ってくれるセレネに私とテトは、左右から挟むように抱き締める。

「本当にセレネは、良い子に育ったわね。それじゃあ、早速写真を撮りましょう」

「場所はここがいいのです！」

中央にセレネが立ち、その左右を私とテトが挟むように並んで一枚撮ってみる。

「それじゃあ、笑顔を作って！　三、二、一、はい！」

写真機の位置を調整した私は、《サイコキネシス》の魔法でシャッターを切る。

早速、写真機から現像されて排出された写真を手に取る。

「ふふっ……」

「お母さん、私にも見せて……わぁ、すごいね！　本当にそのままだ！」

初めて写真を撮るセレネは、その写真の再現性に驚いている。

写真を撮り慣れていないテトは瞬きしてちょっと変な表情になっていたり、窓の外には、誕生日会の様子を覗こうとするクマゴーレムたちの頭が写り込んでいたり、可笑しな写真になってしまった。

「もう一枚！　お母さん、テトお姉ちゃん、撮ろうよ！」

「はいはい、それじゃあ今度はポーズを取ったりしましょうか」

「今度はもう少し抱きつくのです！」

「もうテトお姉ちゃん、くすぐったいよ」

抱きつくテトに身を捩りながら、セレネが楽しそうに笑い声を上げる。

そして、セレネが満足するまで写真を撮った。

「楽しかった！　暖かくなったら、ピクニックに行ってまた三人で写真を撮ろうよ！」

「そうね。それも楽しそうね」

「今から春が待ち遠しいのです～」

そう言って、テーブルに並ぶ写真を三人で見比べていると、そわそわし出したセレネが自分の部屋から何かを持ってくる。

「実はね。私からもお母さんとテトお姉ちゃんにプレゼント。はい、これ！」

「セレネ、これは何かしら？」

「えっと、私が稼いだお金でプレゼント！」

そう言って、渡してくれたものは、セレネが雑貨屋さんで買ったと思しき、マフラーである。

治癒師として怪我人の治療で稼いだお金で買ってくれたようだ。

「そろそろ寒くなるからね！　それにお揃い！」

「ありがとう。セレネ、大事にするね」

「とっても暖かいのです！　セレネ、ありがとうなのです！」

これはもう写真と一緒に保存魔法に加えて、各種付与魔法によるエンチャントをして大事にしないと、と思ってしまう。

「来年も、その先も同じように過ごせるといいわね」

何気ない日常の幸せを噛み締めながら、ぽつりと呟く。

こんな穏やかな日々がいつまでも続けばいいな……そんなことを願いながら【虚無の荒野】での冬が過ぎていくのだった。

SIDE：イスチェア王国・王城執務室

東の隣国であるガルド獣人国の穀倉地帯でダンジョンが発生した。

だが、無事に攻略されダンジョンが消滅したと報告を受け、安堵する。

下手をすれば、ダンジョンから溢れた魔物が穀倉地帯を荒らし、獣人国全体で飢饉が起きた可能性もある。

それが原因で戦争になる可能性もあり、我が国でも国庫に蓄えられていた食糧を売る準備を進めていたが、それが無駄に終わったことを喜ばしく思う。

「それにしても30階層のA級ダンジョンか。よく、早期に攻略できたものだ」

「ですな。我が国でもダンジョン攻略のできるパーティーとなると全盛期の【暁の剣】など、数えるほどしか居りませんからね」

私の呟きに、若い補佐官が相槌を打つ。

イスチェア王国のダンジョン都市にあるダンジョンは、Aランクパーティーの【暁の剣】が最深部の30階層に到達したのが、８年ほど前だ。

その際にダンジョン最深部でダンジョンコアを発見したが、その地域の経済がダンジョンを中心に成り立っていることを考えて、ダンジョンコアをそのままにしてきた。

そんな彼らがダンジョン攻略に掛けた歳月は、10年以上だ。

それを僅か数週間の短時間で最深部まで到達してダンジョン攻略を成した冒険者は、さぞ優秀なのだろう。

そんな風に思って簡易の報告書を読んでいると、ガルド獣人国でダンジョン攻略を成した冒険者の名前に見覚えがあった。

「なん、だと……！」

「陛下、いかがなさいましたか？」

「まさか、この者たちは、ガルド獣人国に居たのか！」

Bランク冒険者の魔法使いのチセ。そして同じくBランク冒険者であるテト。

彼女たちは、10年前に悪魔崇拝の邪教徒たちに襲われたエリーゼの死体を近隣の町に届け、娘のセレネリールを保護していた。

そのことに気付いた領主が保護のために兵を動かそうとしたが、それより先に邪教徒たちに町中で襲撃された彼女たちは、セレネリールを連れて逃走していたのだ。

「やっと、手掛かりが……」

国内外を捜させて10年間、探し求めた手掛かりが目の前にあった。

私は、資料を読み進めると、ダンジョン攻略者の冒険者チセがセレネという娘を連れていたとの報告を目にする。

また、小さいながらもダンジョン攻略時に出た負傷者に対して、回復魔法を使ったことから小さな聖女と呼ばれていたらしい。

その特徴と外見年齢は、セレネリールと一致しており、回復魔法の腕も聖女である母親のエリーゼにも引けを取らないらしい。

「すぐにガルド獣人国のヴィルの町に人を派遣し、冒険者チセとテト。そして小さな聖女・セレネを調査し、我が娘・セレネリールだった場合には保護するのだ！」

失ったと思っていた娘を見つけた。

娘を脅かす邪教徒は、徹底的に排除した。

今度こそ、私の娘を取り戻す。

16話【ダンジョンコアについての交渉】

冬場も三人で色々なことをして過ごし、春になり、いつものように町に出かける。

「今日は、キャルちゃんとトゥーリちゃんに会いに行ってくるね！」

「ああ、ラントさんとグレイさんの家の子ね」

空飛ぶ絨毯の上でセレネが今日の予定を話してくれる。

今日は、保育院時代の友達である猫獣人のキャルちゃんと犬獣人のトゥーリちゃんに会いに行くようだ。

春になったら二人とハンカチを交換するんだ、と意気込んでおり、冬の間は白いハンカチに刺繍をしていた。

他にもトゥーリちゃんには一昨年に弟が生まれ、可愛らしくふわふわしたその子に会いたくてうずうずしていた。

そんなセレネの友達の両親は、私たちと同じ上位冒険者で度々依頼やギルドなどで顔を合わせて世間話をする仲だったりする。

「気をつけて行くのよ～」

「はーい！　後でギルドのお手伝いの相談もしたいからギルドで待っててね！」

「分かったのです！　魔女様と一緒に待ってるのです！」

町に辿り着き、友達の家に向かうセレネを見送った後、ギルドに入ると見知った受付嬢が話しかけてくる。

「冬前にお話のあった、ダンジョンコアの件で先方からの使者が来ているんですが……」

「それじゃあ、話を伺いますね」

私とテトは応接間に通され、そこで待っていると二人の獣人がやってくる。

「ダンジョンコアの取り扱いに関して派遣された使者の秘書官のロールワッカとこちらが第三王子の――」

「此度の件で王よりその目で確かめろ、と言われたギュントンである」

兎獣人のロールワッカとガルド獣人国の王子である毛色が特徴的な猫、ではなく虎獣人のギュントンと名乗る青年が並んでいた。

ロールワッカは、片眼鏡を掛けて顔立ちの線が細く、ギュントン王子はロールワッカよりも二回りも大きく戦士のような体付きをしている。

「はじめまして、私はチセ。こっちがパーティーを組んでいるテト。どっちもBランク冒険者よ。よろしく」

「よろしくなのです！」

テトの物言いに、獣人国の王子が表情を引き攣らせるが、気にせずにソファーに座る。

「まずは、穀倉地帯で誕生したダンジョンの攻略と消滅に感謝する」

ギュントン王子は、それだけ言って、あとのことはロールワッカに任せるようだ。

「ダンジョンコアの取り扱いの件について、ダンジョン攻略者であるチセ様方の要望となる契約ですが、幾つか確認したいことがございます」

「なんでしょうか」

「【虚無の荒野】は、古くから何者も寄せ付けない、神々が張られた巨大な結界のある場所と認識しております。なぜ、その地を欲しがるのでしょうか？」

【虚無の荒野】の結界を行き来できる私は、その土地の所有者を明文化するために契約を求めるのだが、それをわざわざ言う必要はない。

適当な理由を付けて、誤魔化すことにする。

「魔法使いとして五大神の作った大結界に興味があり、それを研究したいのです。そのために、その結界の外縁部を十分に調べるために必要なことなので」

「なるほど。ですが、要望された契約だと、土地全ては難しいですね。他国との境界線に掛かる部分もあります。なので、所有権を認めることができるのは、獣人国に面している側の【虚無の荒野】の四分の一。それと外縁部を自力で開拓したならその土地も認めることはできます」

その土地を自力で開拓したのなら、土地の所有を認め、税を納める必要もない、などという話を受ける。

なるほど、確かに他国との兼ね合いを考えると、難しい。

だが、【虚無の荒野】の土地の四分の一でも認めてくれたのなら、他国とも同様の契約を結び、結果、全ての土地が私の物であると明文化できる。

「それでは、先程の要項を盛り込んだ魔法契約書を作成します」

そう言って、ガルド獣人国に面した【虚無の荒野】の四分の一を冒険者・チセが所有することを認める魔法契約書を作成する。

「それでは三部作成して、一つは王家、一つはチセ様。もう一つは、冒険者ギルドで保管します」

そして、王の代理としてギュントン王子がサインする権限を持っているらしい。

私は、作られた契約書を改めて確認し、細かな部分で抜けなどがないか確かめる。

「大丈夫です。それでは、サインを――『ちょっと待て』――」

今まで厳めしい表情を浮かべていたギュントン王子が静止の声を上げる。

「私も質問が二つある。なぜ、貴様は我らに対して、結界を研究したいと虚偽を申す」

「虚偽、ですか？」

「我ら王族の鼻と耳は、敏感でな。訓練を積めば、汗の臭いや心臓の鼓動で相手が嘘をついているのか、おおよそ分かる」

そうジロリと見詰めてくるが、流石異世界だ。

そういう特技を持った人がいるのか、と感心する。

ただ――

「女性の汗の臭いを嗅ぐのは……あまり嬉しくない告白ですね」

「私だって、人の体臭を好きで嗅いでいるわけではない。それと、露骨に話題逸らしをするでない」

引っかかってくれないか、と内心悪態を吐く。

「では、真意は黙秘します」

「そう来るか。では、もう一つの質問だ。一つは、なぜパーティーを組んでいるのに、そちらの仲間に報酬がないのだ？　先程から聞いていれば、チセ殿が主体の契約のようだが？」

パーティーとしてダンジョンを攻略し、それで得たダンジョンコアに関する扱いであるのに、契約相手にはテトの名前が一切ないことに疑問を抱いたようだ。

それに対して、テトが答えた。

「魔女様との約束なのです。次のダンジョンコアは、魔女様の番だって……」

「ほぅ、次と言うことは、以前ダンジョンコアを手に入れたことがあるのか」

テトが思わぬ失言をしたが、別にそれがどうした、と言った気持ちだ。

「以前に全5階層からなる小規模なダンジョンを攻略した時にダンジョンコアを手に入れましたが、

もうありません」

「そうか、残念だ……」

そう言って王子は、思案するような表情をしている。

今の発言でも匂いを嗅いで、真偽を判断し、引き下がった。

そして改めて、このような意味不明な契約を結ぶべきか、それともダンジョンコアの確保を諦めるべきか。

そんな思案している途中、私の身に着けている装飾品がけたたましい音を鳴り響かせる。

いわゆる子どもに持たせる警報ブザーに似たものだ。

「な、なんですか⁉」

「失礼。うちの娘がトラブルに見舞われたようです。しばし退席します」

そう言って、私は、窓の扉を開け放ち、そこに足を掛けて空に飛び出す。

「魔女様、テトも行くのです！」

そしてテトも窓から飛び降りて、地面に着地した後、私の後を追ってくる。

「なんなのだ。一体……」

部屋に残された獣人国の王子がそう呟く声が聞こえた。

17話【セレネの正体】

【創造魔法】で創り出してセレネに持たせた防犯魔導具のブザー音を聞き付け、町の上空に飛び出した私は、セレネの魔力を辿る。

「あっちね」

多分、友達と会いに行った帰りに誰かに絡まれたようだ。

大通りに面した場所に町の住人たちが集まっているのを見つけ、すぐにセレネの居場所を特定した。

「セレネ、大丈夫？」

「魔女様とテトが来たからもう安心なのです！」

「お母さん！　テトお姉ちゃん！　来てくれたの⁉」

そんなセレネや集まった町の住人たちが囲む中心に私が降り立ち、少し遅れてテトも追いつく。

私たちの目の前には、防犯魔導具に仕込んであったワイヤー入りの投げ網に搦め捕られて、道路に転がっている人たちがいた。

防犯魔導具には、眠りの魔法も込めてあるので、投げ網で捕まえると同時に気絶させられていた。

「セレネ、何があったの？」

「分からない。私のことをセレネリールって呼ぶし、父親が待っているから帰ろうとか言って囲んで、怖くなって……」

そう言って、私のローブにしがみつき、セレネは男たちとの距離を取る。

すると、町の住人たちの中には、彼らのことを知っている人たちが居た。

「今年の冬にふらりと現れた旅の商人って言ってたわよ！　ただ、一冬もこの何にも無い町に居るし、チセちゃんたちのこと調べてたみたいだから、どっかの貴族が勧誘しようとしているんじゃないかって、みんなで噂してたけど……」

「セレネちゃん、お母さんたちに付いて行って余所の町で治療の手伝いして【小さな聖女】って呼ばれてたらしいから、それで狙われたのかもね」

「誘拐犯だったのね。今、衛兵を呼んだからすぐに人が来るわよ～」

そんな感じで、あれよあれよと事態の処理が進んでいく中、捕まった人たちを観察する。

服装は商人だが、顔立ちや雰囲気から言って、確かに少し違う。

貴族かそれに仕える人間と言う町の人の観察眼は、素晴らしいようだ。

辺境の町は実力主義で大らかな気質の人が多いが、ガルド獣人国の中枢ほど獣人の各種族や部族が中心に取り纏められており、人間の従者は少ない。

そんな中、町の住人たちを掻き分けて、一人の男性が声を掛けてきた。

「セレネ様のご家族のチセ様とテト様ですね」

「うん？　あなたは？」

「私は、この者たちの上司、と言ったところです。ですが、あなた方が現れるのを待っていたために、彼らが先走ってしまい、申し訳ありません」

そう頭を下げる彼は、倒れている人と比べると顔の線が細い。

先程会った、第三王子の秘書官であるロールワッカと似た雰囲気を感じる。

「是非とも、我々の事情をセレネ様、そしてチセ様方にも聞いては頂けないでしょうか」

そう懇願してくるので私は腕を組んで悩む。

セレネリールという名前は、セレネの持つ形見のミスリルの指輪の内側に彫られていたので、彼らの話を聞く気になった。

「お母さん、あの人たちとお話しするの？」

不安そうにするセレネに、私は微笑みかける。

「そのつもりよ。大丈夫よ、お母さんは強いんだから」

「テトもセレネを守るのです！」

そんな風に話していると、町の住人が呼んだ衛兵たちがやってきて、彼らも同行して冒険者ギルドに運ぶことにした。

本当にただの誘拐犯なら、改めて牢屋にぶち込めば良い。

もしかしたら、赤ん坊の頃にセレネを狙った襲撃者たちのことが何か分かるかも知れない。

ギルドに運んで拘束を解き、冒険者数人と衛兵……そして、ギルドで契約の話をしていたガルド獣人国のギュントン王子とロールワッカも同席する。

「ギュ、ギュントン王子殿下！　それにロールワッカ秘書官殿まで……」

セレネに話し掛けた上司の人は、まさか他国の王族まで同席するとは思わず、狼狽えている。

「イスチェア王国の外交官だったか。そちらの国にも報告は行っているはずだ。そこのチセ殿がダンジョンを攻略し、ダンジョンコアを手に入れたことを。その交渉で滞在している」

「は、はい、存じております……」

「まさか、我らを差し置いて裏でダンジョンコアの取引をしようとしていたのではないだろうな……」

「め、滅相もございません！」

他国の王族に萎縮して全然話が進みそうにないので、少しだけ魔力による威圧を掛けて、こちらを意識させる。

「それじゃあ、あなたたちの正体を教えてくれる？」

セレネに詰め寄った人たちは、拘束と眠りの魔法を解かれ、状況を理解して項垂れている。

その中で、彼らの上司と名乗る男が自己紹介をする。

「我々は、イスチェア国王陛下の命で、国王陛下の行方不明の王女・セレネリール様の捜索を任されている者たちです。今回は、セレネ様が我々の捜しているセレネリール王女なのか確認するために参りました」

「人違いです！　私は、チセお母さんの娘のセレネです！」

そう悲鳴のような声を上げるセレネ。

セレネには、育ての母である私とは別に、死の直前に私たちに自分を託した産みの母がいることを伝えていたが、実感が湧かないんだろうなぁ、と思ってしまう。

同席している冒険者や衛兵の人たちも困惑している。

小さい頃から見知った女の子が隣国の尊い身分の子どもだと言われて、こちらも実感が湧かないようだ。

その中で一つ思案するように表情を曇らせるのは、獣人国のギュントン王子とそのお付きのロールワッカである。

「殿下。彼らの言葉には……」

「匂いからして、嘘はないだろうな。だが、セレネリール王女の名が出てくるとはな……」

「知っているんですか？」

私が、ギュントン王子に尋ねると、困ったように眉尻を下げながら説明してくれる。

「王族だからな。立場上、隣国の王室の話は耳に入る。確か11年程前に聖女と呼ばれた側室が悪魔教団に暗殺され、その際に赤子だった王女が行方不明になった、とは聞いている」

聖女と呼ばれた側室の特徴を聞けば、セレネを託してきた女性の特徴と一致する。

また国王――当時は王太子が全力でセレネを捜したが、国内では見つからず、その反動から側室を暗殺した悪魔教団の壊滅に尽力したらしい。

「知らない。私は、王女なんかじゃないです！」

「いえ、間違いありません！　セレネ様のその指に着けられたミスリルとユニコーンの指輪が紛れもない証拠です！」

どうやら、国王陛下が生まれたばかりのセレネリール王女に贈った浄化と回復の効果が込められた魔導具らしい。

その魔導具には、セレネとその母親の聖女エリーゼ様の血縁以外には、効果を発揮しないように制限も掛けられており、裏側にセレネの本名が刻まれているとのことだ。

「確かに、この指輪は私しか使えなかったし、チセお母さんは本当のお母さんじゃないって知ってたけど……」

そう戸惑うセレネを私とテトが落ち着かせるように抱き締める。

その中で、声を上げたのは、この場に同席する知り合いの冒険者だった。

「なぁ、なんで今まで捜してたのに、今になって分かったんだ？」

「それは、最初の数年ほど国内外を捜しましたが、辺境のダリルの町から北に向かって逃走したのを最後に、チセ様とテト様方の行方が完全に分からなくなったからなのです。その後、去年になってダンジョン攻略者の名前にお二方の名を見つけ、更に同行者に娘としてセレネ様の存在を知ったのです」

他の人たちが、なるほどと納得する中、ギュントン王子だけは目を細めて、イスチェア王国のセレネリール王女捜索隊の隊長に尋ねる。

「……ダリルの町とは、北部にあるリーベル辺境伯の領地のことか？」

「はい、そうです。その後一切の関所や町の入場、ギルドの利用などがなく。改めて彼女の経歴を調べたところ、７年前に突然この町に現れたのです」

「あの場所からこの町までかなりの距離があるはずだ。それに４年もの間、赤子を抱えたまま悪魔教団から逃れ、ダリルの町やこのヴィルの町の北に広がる魔境の森で過ごしていたのか？」

私とテトを信じられないというような目で見つめる。

だが、その問い掛けに対する私たちの心臓の音や汗の匂いなどの反応から、それも違うことに気付き、更に目を見開く。

「違うな。まさか、お前たちは……」

言葉を最後まで言い切らないが、その言葉にセレネの肩が小さく震える。

それが確信となり、ギュントン王子が深い溜息を吐き出す。

言葉には出さないが、【虚無の荒野】に出入りできることが知られたようだ。

「納得した。だから、あのような契約を要求したのか……納得だ」

二度、納得と言った。それほどに彼にとって動揺した事実なのだろう。

そんなギュントン王子が落ち着いた後、契約の事で話があると言われた。

「とにかく、あなたがセレネリール様だと確信しました！　是非、セレネリール様の父君、我らがアルバード国王陛下の許にお戻りください！」

「……お母さん」

「大丈夫よ。セレネがどんな選択をしても、私はあなたを守るわ」

「テトもセレネを守るのです」

そう言って、二人でセレネの手をぎゅっと握れば、セレネは深呼吸をして覚悟を決める。

「私、本当のお父さんに会ってみたいです。それと、本当のお母さんのお墓にも行きたいです。その後のことは、色々と考えたいです」

「わかりました。それでは、我々もセレネリール様やその養母であるチセ様、テト様方を丁重におもてなしできるように準備いたします」

とりあえず、双方が納得したところで、セレネリール王女捜索隊の人々は解放されて、町の宿に戻っていく。

私の方の予定などを勘案して二週間後を約束した。

セレネに近づいた不審者に関してはこれで良いが、ガルド獣人国とのダンジョンコアに関する契約は、まだ終わっていない。

18話【契約の締結と里帰りの準備】

応接室に集まっていた冒険者や衛兵、セレネリール王女捜索隊の人たちを帰した後、私とテト、セレネは、ギュントン王子と秘書官のロールワッカと向き合っていた。

「私に嘘は無意味だ。お前たちは、【虚無の荒野】に出入りすることができるのだな」

「その通りよ」

「だとすれば、この契約の意味は大きく変わってくる」

ギュントン王子が説明するのは、各国に伝わる【虚無の荒野】についての話だ。

ただ何もない荒野だが、その昔は栄えた魔法文明が存在し、その文明が暴走した結果、滅んで今の荒野が誕生した。

女神たちは、人々からそのような破滅を引き起こす魔法知識や魔導具を遠ざけるために、巨大な結界であの範囲を覆った。

そのために結界内には、古代魔法文明の遺産が残されている、という話だ。

「まぁ古代魔法文明は無くても、あれだけの土地だ。巨大な鉱脈などがあってもおかしくない」

「そうね。その可能性もあるわね」

それを聞いた私は、地表部分は何も残されていないが、地下にはもしかしたらそうした当時の魔導具が残されているかも知れない、と思ってしまう。

今は低魔力環境であるが、結界内に魔力が充足していき、そうした魔導具などが起動する前に、こちらから探す必要があるかもしれない。

まぁそんなことは、当分先の話だろうから今は脇に置いておくとしよう。

「それで、契約は成立しないの？」

「いや、サインしよう。結局、出入りできる者がいると分かったが、我々は手出しできない。だが、【虚無の荒野】で手に入れた物は、国に優先的に売って欲しい気持ちはある。無論適正な値段で買い取る」

これは、中々に難しい内容だ。

もしかしたら、魔導具など無いかも知れないし、鉱脈も２０００年前の古代魔法文明が掘り尽くしている可能性だってある。

けれど、逆に言えば、【虚無の荒野】内部は見ることが難しいために、私が【創造魔法】で創り出した魔導具などを獣人王族に買い上げてもらうことができる。

なんとも悩ましく思う中、ギュントン王子が虎獣人の縦に長い瞳孔の瞳で見詰めてくる。

「正直に言えば、このような契約を結ばない方が良いのかも知れない。方法は分からないが【虚無の荒野】への侵入を可能とする者がいるなら、その者を手中に収めれば、新たな領土が手に入るかも知れないからな」

「殿下……」

「いや、いいのだ。お前たちは、セレネリール王女の育ての親だ。無理に事を運べば、イスチェア王国との関係が危ぶまれる。それに我がガルド獣人国には、魔法使いとなり得る素質の者が少ないために、どうしても他国と魔法技術を競った場合には負けてしまう可能性がある」

魔法使いの数は、魔法研究者の数でもあり、それは魔法の基礎研究の差に繋がる。

そうした他国との競争に負けないためにも、魔法の触媒として有用な巨大魔石のダンジョンコアを欲しているのだ。

他にも巨大なダンジョンコアの魔石を使えば、何十本という高品質な魔剣などの魔法武器を作り出せる。

魔法武器と獣人たちの高い身体能力が合わされば、国を守る強力な戦力になる。

「ならば、既に結界の内外を出入りできる優秀な魔法使いとの良好な関係を築きつつ、ダンジョンコアの入手を優先するべきだと私は考える」

客観的に自分たちの種族を見て、強みと弱みを把握している。

彼の打算に満ちながらも誠実な対応には、こちらも心を揺るがされた。

「誠実な対応ありがとうございます。契約は、当初の物で問題ありませんか？」

「ああ、こちらも覚悟を決めている。では、改めて契約を」

こうして私たちは、ダンジョンコアと引き換えにガルド獣人国に面した【虚無の荒野】の四分の一の所有権を手に入れた。

テトは、ギュントン王子に引き渡したダンジョンコアを名残惜しそうに見詰めている。

私は、家に帰ったら【魔晶石】に貯めた10万魔力を使って【創造魔法】製の大型魔石を創り出し、テトにプレゼントしてご機嫌を取った。

そして、２週間後には、セレネの父親である国王がいるイスチェア王国に向かう準備も進めなければいけない。

その第一弾として、セレネの防御を固めないといけない。

「王女を狙うような人は、多そうよねぇ」

既に壊滅した悪魔教団以外にも、金銭目的や既成事実を作るための誘拐などがあるだろう。

他にも貴族なら、毒殺や暗殺、呪殺などの様々な手段で殺しに掛かってくるかも知れない。

「まずはセレネ自身の強化かなぁ。貴族社会に入ってもやっていけるスキル……」

町で買ったスキル全集の本を見ながら、必要そうなスキルを探す。

とりあえず、【礼儀作法】スキルがあれば、貴族の中でも取り繕えるだろう。

同行する私とテトも同様のスキルがあればいいので、スキルオーブを作り、寝ている間にこっそりとスキルを付与する。

「その次は、防御用の魔導具かなぁ」

防毒効果や呪詛返し、緊急時に強力な結界を展開する魔導具などを用意していく。

「最後に、いつでも逃げられるようにしないとね」

私個人は、【空間魔法】スキルを習得しておらず、その魔法に属する転移魔法を使えないので、容易に【虚無の荒野】に戻って来られない。

イスチェア国王がセレネの実父だとしても、セレネに望まぬことを強要するのなら、速やかに離脱できるようにしないといけない。

「1万貯められる魔晶石を50個使って――《クリエイション》転移門！」

一つ創り出すのに50万魔力が必要な【転移門】の魔導具を創造する。

「あー、これで片側だけか」

【転移門】を運用するためには、複数の門が必要になる。

そのため一対の【転移門】を創り出すのに、コツコツと【魔晶石】に貯めていた100万魔力が消費された。

片側の【転移門】を【虚無の荒野】の自宅に設置し、もう片方の門をマジックバッグに入れて持ち歩けば、必要な時に設置して、戻ってこられる。

それに【転移門】は、登録した魔力の持ち主しか通過できないように設定することもできる。

私は、セレネに渡す魔導具以外にも【虚無の荒野】の状況を管理するシステムなどをアップグレードしていく。

そうして準備を進めていく中、セレネが尋ねてきた。

「ねぇ、お母さん」

「どうしたの、セレネ？」

「お母さんとテトお姉ちゃんと一緒に、隣の国の王都に行くんだよね」

「ええ、予定だと1ヶ月の旅になるかしらね」

「面倒だね。そんなに長くなんて……」

それは同感だ。

だが、セレネを捜しに来た人たちを置いて私たちだけ空飛ぶ絨毯でイスチェア王国の王都に向かうのは、それはそれで問題だし、彼らを乗せるための新たな乗り物を創造するなど、余計に面倒事にしかならないことが予想できる。

「でも、面倒だけど楽しまなきゃね。それに王都だよ、お母さん！　Aランクの昇格試験を受けられるね！」

「あー、そうね」

自由に国家間を移動できる冒険者がAランクに昇格するには、いずれかの国の王都で行なわれる昇格試験を受けなければならない。

「ついでに受けちゃえばいいよ！　それにAランク冒険者のお母さんたち！　ってだけで凄いよね！」

「魔女様がAランクを目指すなら、テトもお揃いを目指すのです！」

Aランク冒険者になれば、各国で準貴族扱いされることもあるし、場合によっては騎士や宮廷魔術師に取り立てられて、爵位を授かることもある。

「まぁ、気が向いたらね」

セレネの養母がただの冒険者よりも準貴族扱いのAランク冒険者の方がいいだろうが、今は必要に駆られていない。

そうして、日々は過ぎ、約束の2週間後がやってきた。

19話【イスチェア王国までの旅路】

「セレネリール様たちは、こちらの馬車をお使いください。ここからイスチェア王国の王都に向かいます」

全ての旅支度を調えた私たちは、イスチェア王国から派遣された捜索隊の人が用意した馬車に乗せられる。

貴人の護衛としては質素な箱馬車だが、身分を隠すカモフラージュにはちょうどいいかもしれない。

ただ馬車自体の防御力に疑問を抱き、そっと防御魔法を付与して進んでいく。

「お母さん……」

「乗り慣れていないからお尻が痛い？　それともお手洗い？」

「揺れて、気持ち悪い……」

「背中を摩ってあげるから、窓から遠くの景色を見ようか。それと少し早めに休憩をお願いしようね」

セレネの背中を摩りながら、回復魔法と強化魔法の併用で、酔いの原因である三半規管を強化する。

そして旅の途中では――

「セレネ様、我々が料理を！」

「私だって、お母さんと一緒にやってきたから平気！」

箱馬車の旅では、野営の料理をセレネが手伝おうとするが、それを捜索隊の人たちに止められた。

だが、セレネの手際の良さを見て渋々了承してくれる。

実際彼らは、騎士で貴族の三男以下の身分の者が多いので、料理はそれほど得意じゃない。

それから食料などの補給で途中の町に寄った時は――

「お母さん、あっちにお菓子が売ってるって！」

「人気の豆菓子みたいなのです！　早く買いに行くのです！」

「この町の本屋にも寄りたいから、一度冒険者ギルドでお金を下ろしてから買いに行きましょう」

観光気分で訪れた町を色々と見て回ると――

「セレネ様！　そのようなところに行ってはいけません！　勝手に出歩かれては困ります！」

「はいはい。――《スリープ》。テト、部屋に運んでおいて」

「はいなのです！」

そういってセレネの行動を制限しようとするので、私が魔法で軽く眠らせている間に勝手に出かける。

彼らも道中の護衛に神経を使っているので休息は必要だ、と言い訳しつつ、勝手に出歩いたりする。

また旅の途中では――

『この先の街道で、落石が起きて通行止めだ！』

「この程度――《ブレイクストーン》！」

「みんな～、お手伝いお願いなのです～」

街道に落ちた大岩を土魔法で運びやすい大きさに粉砕した後、セレネを心配してゴーレムの核だけで付いて来たクマゴーレムたちをテトが呼び出して、人海戦術で砕いた大岩を道の脇に退かしていく。

『街道に盗賊が現れたぞ！』

「このくらいなら――《アース・バインド》！」

地面を操作して、土石で盗賊たちを拘束して、近くの町まで捕らえたまま運ぶ。

『この子を、誰かこの子を助けてください！』

「それじゃあ銀貨3枚後払いでね。――《ヒール》！」

暴走した馬に蹴られた子どもに回復魔法を使う。

開放骨折に出血多量、内臓破裂、蹴られた後に地面に頭をぶつけたのか脳内出血と、ほぼ死ぬ一歩手前だったが、何とか間に合って治療できた。

そうした足止めされそうな問題も魔法の力で、ちょちょいと解決して進む。

それと余談であるが、最初の三日くらいでセレネが馬車の旅に飽き始めていた。

なので、こっそり馬車の中で楽しめるボードゲームを【創造魔法】で創ったり――

馬車を引く馬に強化魔法と回復魔法を使ったり――

馬車の重量を魔法で軽減したり――

馬車を引く馬たちの飲み水にポーションを混ぜたりした。

馬の移動速度が上がった結果、一週間で国境に辿り着き、更に一週間で王都までやってくることができた。

「あれ？　俺たちあの町に行くまでに一ヶ月掛かったのに、なんで帰りは半分なんだ？」

セレネ捜索隊の面々は、狐にでもつままれたような表情をしている。

「それで、これからどうするの？　そのままセレネの父親に会えるの？」

「いえ、国王陛下には、ご報告と面会のための予定を決めなければなりません。なので、セレネ様には、母君エリーゼ様が生前所属していた教会をご利用していただく事になります」

「お母さんの……」

そう言って、母親が残した指輪を強く握るセレネ。

そして、そのまま王都の女神・リリエルたち五大神を祀る大聖堂に向かっていく。

そこで馬車から降りた私たちは、案内されるままに教会施設に入っていく。

「…………エリーゼ様？」

「はい？」

セレネが小首を傾げているので、現れた年老いた聖職者は、頭を軽く振って挨拶をしてくる。

「初めまして、私は五大神教の枢機卿のマリウスと申します」

「は、初めまして、セレネと言います！」

「ほほほっ、小さい頃のエリーゼ様にそっくりでした。一瞬、見間違いかと思いましたよ」

そう言って親しみの籠った挨拶をしてくれる。

続いて、マリウス枢機卿は、私たちの方にも目を向ける。

「話は聞き及んでいます。セレネ様を育ててくださり、ありがとうございます。お名前を伺ってもよろしいでしょうか？」

私の外見や年齢などの特徴は既に聞き及んでいるのか、特に驚いた様子はない。

「魔女のチセ。Bランク冒険者よ」

「同じく、剣士のテトなのです！」

だが、私たちの名前を聞いたマリウス枢機卿は、驚きで表情を崩した。

「チセ様？　まさか、古都アパネミスの孤児院改革の立役者？」

「お母さん、なにかやったの？」

セレネが不思議そうに尋ねてくる。

セレネと出会う前は、語るほどの過去もないので黙っていたが、別に隠していたわけじゃない。

「セレネと会うちょっと前の話よ。知り合った孤児院の子どもたちが自分でお金を稼げるように手伝ったけよ」

私が何でも無いように言うが、マリウス枢機卿は、いやいやと大仰に首を振る。

「それだけではありません。チセ様が私財を投じて教えて下さったポーション調合技術と製紙技術の教本は、現在孤児の教育に使われ、紙を使った内職が様々な社会的弱者の救済に充てられています！あなたは、多くの人に希望を与えてくださった聖女なのです！」

聞けば、私の手から離れた後も、ちゃんと維持されているらしい。

そして、ダンジョン都市の孤児院で調合や製紙技術を学んだ子どもたちが、各地に同様の制度を導入するために派遣され、国の孤児院に調合と製紙技術が広がった。

特にポーションが増産されたことで、王国内の健康事情が向上し、更に増産された紙を使った紙袋や封筒作りなどが、夫を失った未亡人や子どもの内職になり始めているのだそうだ。

「そうなんだ。お母さん、凄い……！」

産みの母のエリーゼ様が様々な地に赴き、人々を治療する救済をして聖女となり、育ての母の私が技術を教え、社会的な弱者の自立を促して聖女扱いされていた。

セレネのイスチェア王国内の教会の立場は、かなりいいのかもしれない。

そして、ここまで護衛してくれたセレネ捜索隊の人々も知らなかったのか、驚いている。

現在では、木材から作られる植物紙は、教会の重要な財源であり国から他国に輸出している交易品でもあるらしい。

「お三方は、この大聖堂の重要なお客様です。どうぞ、我が家だと思って過ごしてください」

そうして何人かのシスターを付けられた私たちは、大聖堂の奥の客室に案内されて、そこに泊まることになった。

夜は、教会らしく質素だがバランスの取れた食事を取り、清潔化の魔法で身を清めてから寝間着に着替える。

「お風呂に入りたい……」

「そうね。私もお風呂に入りたいから、明日は大浴場でも探しましょうか」

「うん！」

小さい頃からお風呂に浸かる習慣に慣れたセレネは、そう希望を口にする。

流石に馬車の旅では、捜索隊の人たちの前で即席風呂を作って入るのは躊躇われたので、毎日《クリーン》の魔法で済ませていた。

そうして、夜寝るまでの間ゆっくりしていると、セレネが今度は別の希望を口にする。

「ねぇ、お母さん、テトお姉ちゃん……」

「なに、セレネ？」

「私ね。お母さんがどんなことやっていたのか、知りたいんだ」

セレネの言うお母さんとは、産みの親である聖女エリーゼ様のことだろう。

「だからね、教会で働いてみたいと思うの」

「そうね。明日、マリウス枢機卿にお願いしましょう」

「うん、ありがとう、お母さん……」

そう言って、すっと静かな寝息を立て始める。

私は、そんなセレネを起こさないように部屋の明かりを消して、眠りに就いた。

20話【治療院のお手伝い】

翌日、食事を取ったあとマリウス枢機卿への面会を申し込んだところ、その日の午後に会うことができた。

枢機卿は忙しい身であるのに、私たちに時間を用意してくれてありがたい限りだ。

「本日はどうされたのですか？　セレネ様、チセ様」

「こちらに滞在している間に、やりたいことのお願いをしにきました」

「伺いましょう」

「セレネが聖女エリーゼ様がどのように働いていたのか知りたいそうなので、ここに滞在させてもらっているお礼に、教会のお手伝いをさせてもらえませんか？」

「それは、こちらもありがたいことです。分かりました、手配しましょう」

そうして承諾を受けた翌日、子ども用のシスター服に着替えたセレネは、可愛かった。

そして、私は――

「お母さん、似合ってるよ」

「魔女様、可愛いのです」

「いや、なんで私も着ているの？」

正直、セレネだけだと思っていたが、私も教会の手伝いをすることになったらしい。

まぁいいけど、と半ば諦め気味に私も教会の手伝いを引き受ける。

一週間の内、教会の手伝いを二日行ない、残りは王都の町に出て観光をして過ごす予定だ。

近い内に、冒険者ギルドへの挨拶や王都の書店や大図書館に寄りたいところである。

「それじゃあ、付いて来てください。こちらが治療院になります」

私とセレネ。そして護衛として付いて来てくれるテト。それと王宮から派遣された騎士らしい人が回復魔法の使い手のシスターに案内されて、併設された建物に入る。

清潔感のある建物は、病院的な施設なのだろう。

ダンジョン都市のように教会で神父様が直々に治療するのではなく、それ専用の施設があるのか、と感心する。

「私たちの仕事は、患者の治療です。セレネ様とチセ様の実力はこちらも把握しておりませんので、今日一日は私が補助に付きます」

「よろしくお願いします」

「よ、よろしくお願いします」

冒険者ギルドで治癒師見習いとして手伝いをしていたセレネだが、教会の治療院はまた違った雰囲気のために戸惑っている。

少し心配になったが、いざ治療が始まればそれは杞憂だった。

「――《サーチ》。肋骨と背骨にヒビが入ってますね。《ヒール》」

「軽傷者は、こっちに集まってね。――《エリアヒール》。はい、あっちからお帰りですよ」

「これは、軽い食当たりの症状ですね。――《アンチドーテ》。毒抜きはしましたけど、無理しないでくださいね」

色んな怪我や病気の人が治療院に運び込まれてくる。

――仕事中に高所から落下して足を折った人。

――長年続く病気の症状を訴える人。

――突然、体調を崩した人。

そんな患者相手にセレネは、ゆっくりと回復魔法を使って治療していく。

「私もセレネに負けていられないわね。――《ハイヒール》」

私も知識や経験が足りないセレネでは手に負えない重傷者を中心に治療を行なっていく。

「ええっ……まだ小さいのに、私たちより回復魔法が上手い……流石、聖女様方」

回復魔法の腕を褒められたのは嬉しいが、これでも公的には25歳なのだから、年下扱いされると苦笑してしまう。

多分、今呟いたシスターより私の方が年上だと思う。

そうして、朝一番の人が多い時間帯が終わると、次は日中の仕事の怪我で運び込まれる人が多い。

「しっかりしろ！　大丈夫だからな！」

「――腕と足が切断されたのね。セレネは、足をお願いね。私は腕をやるから」

「わかった。――《クリーン》《ハイヒール》」

何らかの事故で片腕と片足が千切れてしまった人が運び込まれた。

本当は私一人でも問題ないが、セレネと分担して治療に当たる。

一緒に運ばれた腕や傷口を《クリーン》の魔法で清潔な状態にして、回復魔法で腕を繋ぎ直す。

骨を繋げ、次に神経、血管、筋繊維、最後に皮膚と順番に回復させることで、難なく腕をくっつけて治療する。

繋ぎ直すのは大変だが、再生するのに比べれば、魔力消費量は少なくて済む。

これが完全に手足が無くなっていたら、再生魔法で生やさなくてはいけない。

今日一番の重傷患者はその人だけで、一度昼食を取った後も夕方まで治療を続けた。

「嘘……何で一日中魔力が続くの……ですか？」

朝に案内してくれたシスターからの質問に対して――

「私は、魔力量が多いのよ」

魔力量は10万だから、一日中使っても大した負担ではない。

「私は、お母さんほど多くないから、要所要所で使っているかな」

セレネの現在の魔力量は、２万だ。

これだけ魔力量があれば、他の人よりも平均寿命が延びて１００歳くらいまで生きるかもしれない。

ただ最近気付いたのは、魔力量が多い人の遅老現象が、身体機能の最盛期までは普通に成長し、そこから老化が遅くなることだ。

そうなると、同じく魔力量が多い私の成長が早い段階から遅くなり、不老化して一切成長しなくなったのには、色々と疑問が残る。

これは真相を究明しなければ――閑話休題。

そんな感じで今日も終わったのだが、その夜のこと――

「私たちにも回復魔法を教えて下さい！」

既に回復魔法を使えるシスターや、才能はあるけど使えないシスターなどに詰め寄られた。

「お母さん……」

「あー、はいはい。それじゃあ、どこか空き部屋あるかしら？　講義してあげるから」

そうして突発的に回復魔法の講義が始まった。

主に人体解剖図を利用した、人間の身体機能の理解によるイメージ補完。

無属性魔法の《サーチ》を使った患部の特定により、全身に施す《ヒール》を患部のみに制限し、薬などを併用した魔力量を節約する魔力節約術。

それと傷が塞がる細胞修復のイメージ補完の図解を教えていく。

《サーチ》を併用することで、潜在的な病や合併症なども早期発見できる利点を説明する。

回復魔法の使用回数を増やすための魔力増強訓練法。

こうしたものをシスターたちに教えれば、彼女たちは教会にある紙を取り出してメモを取る。

まるで大学の講義ね、と苦笑を浮かべながら真剣なシスターたちの質問に一つ一つ答えていく。

この時に書かれたメモが、後に五大神教会の回復魔法の教導書の基となり、教会の魔法書とは別に、聖女の教科書と呼ばれるようになるとは、このときは思いもしなかった。

その結果、この訓練法を実行したシスターたちの中で今まで回復魔法が使えなかった人が使えるようになり、現在使っている人は、更に才能を伸ばすのだった。

21話【父子の再会】

教会でのお手伝いがない日は、私とテト、セレネ。それに王宮から派遣された護衛数人をお供に連れて、王都に出かける。

「流石、王都。見慣れない本が沢山あるわね」

片っ端から本を購入する私に対して、テトとセレネは屋台で買い食いを楽しんでいる。

私やテトの影響の所為か、セレネもあまり洋服や宝飾品には興味を示さない。

少し離れた距離から見守る護衛たちは、王女であるセレネが庶民と同じように屋台で買い食いする姿に卒倒しそうになっているが、無視する。

そうして王都を堪能した後は、冒険者ギルドを訪れる。

流石にそこでセレネのような小さい子に絡むような人はいなかった。

明らかに小綺麗な護衛が遠巻きに付いて来ているのを見て、お忍び貴族の縁者だと思われたのかも知れない。

「すみません。余所から来た冒険者なので、王都のギルドに挨拶にきました」

「よろしくなのです」

「これは、ご丁寧に」

私とテトは、受付嬢に挨拶しつつ、Aランクの昇格試験について尋ねる。

「Aランク、ですか？　Aランクの昇格試験は、いつ頃行なわれるんでしょうか？」

「Aランクの昇格試験は非公開となっているんですが……」

受付嬢の人は、なにか勘違いしているのかも知れない。

確かに、こんな若い女の子たちが昇格試験を受けるというよりは、憧れの上位冒険者たちが集まる場面を見たいのだろうと思われたのかもしれない。

なので私とテトは、ギルドカードを差し出す。

「私たちはBランク冒険者で、Aランクへの昇格試験の資格があります。ご確認を」

「っ⁉　し、失礼しました！　確認します！」

そうして、私とテトの昇格試験の登録が認められ、詳しい説明がなされる。

Aランクの昇格試験では、昇格試験資格を得たBランク冒険者たちによる勝ち残り戦が行なわれるらしい。

「なにか難しい依頼を受けさせて、その成否で決める、とかじゃないのね」

「昔はそれだったんですけど、受験者の死亡事例もあるので貴重なギルドの人材を潰さないために、このような形式になったそうです」

冒険者は、パーティーでの強さを発揮するのはもちろん、緊急時に一人でどれだけ多くのことに対応できるかの応用力が求められる。

それを見るために、運に左右されるトーナメント戦ではなく一対一の勝ち残り戦になったらしい。

「分かったわ。テトからは何か質問はある？」

「うーん、勝ち残りがよく分からないのです！　つまり、勝てばいいのですか？」

「まぁ、簡単に言えば、そうなるかな」

「それならテト、負けないように沢山鍛錬をしたいのです！」

そういうテトの言葉に私が苦笑を浮かべる一方、受付嬢が一つ忠告してくれる。

「訓練所の利用は問題ありません。ただ、他の昇格試験を受ける方々もライバルの情報を仕入れたりしています。その点で既に試験が始まっていると言えます」

勝ち残り戦だから、二戦目以降は相手の手の内を知った状態で戦うことができる。

二周目に対策を取ったり、取られたり、そうした対応力が試される。

だが、それ以前に事前に他の冒険者たちの情報を集めることも昇格試験の結果を左右し、逆にそうした情報収集を警戒して手の内を隠すことの重要性を受付嬢が暗に伝えてくれる。

だが、当のテトは分かっていないのかキョトンとした様子に、私は小さな笑みを零してしまう。

「昇格試験は、三ヶ月後にあります」

「わかったわ。色々と教えてくれてありがとう」

「ありがとうなのです！　また来るのです！」

そうして私たちはギルドから帰り、またしばらく教会の世話になることにした。

時折、冒険者たちが私とテトがいる大聖堂や治療院にこっそり見に来るのは、同じ昇格試験を受ける冒険者か、そんな冒険者に頼まれた人たちだろうか。


そんな風に過ごしていると、遂にセレネの父親である国王と会う日取りが決まった。

「セレネリール様、チセ様、テト様、こちらです」

王宮からの馬車が用意され、裏口から登城した私たちは、控え室に案内される。

「それでは、姫様のお召し物を整えますので、しばしお待ち下さい」

どこからともなく現れたメイドたちがセレネの左右に立ち、誘導する。

「えっ、ちょ、お母さん。助け……」

「頑張って綺麗になるのよ〜」

「行ってくるのですよ〜」

セレネが待望していたお風呂に連れて行かれ、たっぷりと時間を掛けて綺麗にされる。

そして、セレネの身長に合わせたドレスを身に着ければ、立派なお姫様の誕生である。

ただ、人に洗われ慣れていないためか、帰ってきた時はぐったりとした様子だった。

「お母さん。これ、恥ずかしい。それに動き辛い」

「まぁ、それが王族の務めかしらね。とりあえず、これ付け直しましょう」

入浴の際には、防御魔法などを掛けて送り出したが、帰ってきたセレネに私が用意した魔導具を身に着けさせる。

セレネが身に着けるにしては無骨な装飾品にドレスとの調和が取れていないので、メイドたちが微妙な顔をするが、セレネの安全を取らせてもらった。

「それでは、国王陛下がこちらに参ります」

「ううっ、緊張する」

「大丈夫よ。それよりお茶でも飲んで落ち着きましょう」

「セレネ、このお菓子は美味しいのですよ。食べないのは勿体ないのです」

私とテトは、緊張も感じさせずに王宮の美味しいお茶を飲んでいる。

流石、淹れ方や茶葉の質がいいのか、香りが良くて飲みやすい。

普段、家で使っている【創造魔法】産の茶葉（1缶魔力量５００）の安物とは色々違う。

「これは、どこ産の茶葉なのかしら？」

「そちらは、ダジル領のローゼリーンという種類の紅茶で王室御用達の一品となります」

「へぇ、良いわねぇ。今度、買いに行こうかな」

「お母さん、馴染みすぎ～」

「セレネもお茶請けのクッキーを食べるのです。美味しいのですよ」

「ううっ、テトお姉ちゃんも……あっ、ホントだ、美味しい……」

一応、事前に付与した【礼儀作法】スキルと、滞在中の大聖堂にいる貴族の子女だったシスターたちによるマナー講座で、付け焼き刃だけど綺麗な所作でセレネもお茶を飲めている。

そうしていると部屋の扉がノックされ、男性たちが入室してきた。

一人は、まだ30代と思われる若い国王らしき人物で、残り二人は側近だろうか、一人が文官で、もう一人が護衛の騎士だろうか。

護衛の騎士の立ち振る舞いと魔力の質からして、Aランク冒険者のアルサスさんにも匹敵する強さを感じる。

男性たちの登場に伴い、セレネが緊張して表情が引き攣るが、国王は静かに微笑みかける。

「今回は、非公式の面会だ。気楽にすることを許す」

「そう、お言葉に甘えて……」

そう言って、国王の入室で控えていたが、クッキーに手を伸ばし、メイドさんにお茶のお替わりを頼む。

セレネに小声で、お母さんと小突かれたが、これは場の雰囲気を和らげるためにわざとだ。

それと国王たちの反応によっては、そのままセレネを連れて【虚無の荒野】に帰ることも考えているが――

「それでは、改めて自己紹介をしよう――イスチェア国王にしてセレネリールの父・アルバードだ」

「私は、セレネの育ての母でBランク冒険者の魔女のチセよ」

「セレネのお姉ちゃんをやってるテトなのです！」

そして、アルバード国王の視線がセレネに向かい、セレネが緊張しながら自己紹介する。

「チセお義母さんとエリーゼお母さんの娘のセレネです。あなたが私のお父さん？」

「ああ、そうだよ。セレネリール」

「その……セレネリールってまだ慣れなくて……セレネって呼んで欲しいです」

「そうか、わかった。それにしてもセレネは大きくなった」

立ち上がった国王はセレネに近づき、その小さな体を抱き締める。

娘の成長を実感しているのか、今まで捜してきたことが実を結んだ感激からか、強く抱き締めている。

「アルバードお父さん？」

「もう悪魔教団に離されないし、失わせない！」

そんな声に合わせて、メイドや国王の連れてきた側近たちも感動の再会に啜り泣く。

私とテトもこの場は、黙って見守った。

しばらくそうしていると、落ち着いたのか国王がセレネを離して、こちらに目を向ける。

「セレネを保護し、ここまで育ててくれたこと。また、エリーゼたちの亡骸を近くの町まで運んでくれたことに感謝する」

国王だから容易に頭は下げないが、それでも目で感謝の気持ちを伝えてくる。

「その感謝、受け取ります」

私が軽く頭を下げ、感謝を受け入れると国王は満足そうに頷き、セレネに目を向ける。

「セレネ。今日から、この王宮でこれまで失った親子の時間を取り戻そう」

「えっ、その…」

そう力強く言う国王にセレネが戸惑い、私が待ったを掛ける。

「それは、育ての親として判断しかねるわ」

「なに？」

「セレネは、平民に近い生活を送ってきた。それがいきなり王族の生活に引き入れられて、セレネは幸せになれるのかしら？」

私の淡々とした言葉に、国王の側近たちの眉がピクリと上がる。

22話【転移門】

私の不敬な態度に対して、国王の側近たちから苛立ちのような感情が走る。

だが、国王が無言の圧力を放ち彼らを止めて、私に問い掛けてくる。

「父と娘が再会したのだ。そして、再び一緒に暮らすことが最良の幸福だろう。それに私なら、セレネが欲しいものは何でも与えることができる」

それだけの権力と財力があると国王は言うが、私は冷ややかな目で見つめ返す。

「平民と貴族の価値観の違いやマナーの違いで苦しむかもしれない。それにセレネには、自立して生活できる方法を教えてきたし、欲しい物を自力で得る手段も持っているわ」

そもそも欲しい物を与えることができるのは、私も同じだと内心思うが言わない。

「……冒険者のチセ殿か。そう言えば、セレネに対する養育の謝礼に関して忘れていたな。私とセレネが共に暮らすことを認めるのに幾ら必要だ？　それとも爵位が欲しいのか？」

「お金や爵位なんて一番要らないわよ。私が望むのは、セレネが一番幸せになる選択よ」

バッサリと国王の提案を斬り捨てた私に、国王が苦笑を浮かべる。

「本当に報告通りに、清々しいまでに権力に興味が無いのだな」

苦笑いを浮かべる国王は、背後に控える側近たちに目を向ける。

先程の国王に対する不敬な態度への苛立ちは既に消え失せ、冷静な目で私たちを見つめていた。

どうやら国王たちは、私たちを試したようだ。

私たちが王都に辿り着いた時、すぐにでもセレネに会いに来たかったそうだ。

だが、セレネの生活態度や思想、そして人格の形成に関与した私たちについて調べていたようだ。

「伝え聞くセレネの性格は、善良で活動的で、自立心がある。だが、それが王族の仕来りに合わないのも分かっている。エリーゼには苦労させたからな」

セレネの母であるエリーゼ様は、教会の聖女という立場だが、元々は平民だ。

側室になって終わりではなく、王族の一員となるためのマナーを覚える必要があった。

「セレネの一番かぁ。セレネとチセ殿たちの親子の絆を壊さぬことをセレネが望むなら、チセ殿を私の側室に召し上げるのも一つの手か」

「それはお断りよ！　誰が結婚なんかするか！」

30代半ば程で顔立ちも良く、地位もお金もある男性からの呟きに対して私は、反射的にそう答え、テトが私を守るように抱き締めてくる。

「残念だ。優秀な魔法使いを手元に置けると思ったのだがな」

「陛下、お戯れが過ぎますぞ」

国王は、文官服に身を包んだ男性――この国の宰相に諫められる。

私に拒否されて、冗談っぽく溜息を吐く国王だが、給仕を務めてくれたメイドたちが若干引いているのに気付く。

「どうしたのだ、お前たち？　そんな余所余所しい態度を」

「いえ、うちの国王陛下は、幼女を側室にしようとしていると思いまして」

「今だって、王妃のアリア様を含めて三人。エリーゼ様が生きておられたら四人。一番若い側室様は、5年前に王室に嫁がれた時が18歳ですから守備範囲が広いとは言われておりますけど、とうとう幼女にまで手を出そうなんて……」

「お父さん……」

「なぜ娘とメイドたちからそんな目で見られなければならん！　それにチセ殿は25歳だぞ。一番若い側室より年上だ！」

一応セレネは、獣人国の町で社会性を身に付けたので、獣人族の一夫多妻などにも多少の理解はある。

特に冒険者にはその傾向が強く、セレネの友達のトゥーリたちはお母さんが二人居て、仲良くする場面があった。

けれど、流石に合法ロリのような私をお嫁さんにしようと言うのは、一般的に特殊性癖の部類に入ることは知っている。

「私は、セレネの母のつもりだけど、誰かと結婚する気は特にないわ。セレネの幸せのために、色々と考えて欲しいだけよ」

「いや、なぜ私がフラれたような感じになっているのだ……まぁよい。ならば、二人はセレネの護衛兼、メイドとして傍にいるのはどうだ？　セレネには、かつてエリーゼが使っていた離宮を与え、そこで少しずつ王族の生活に慣れていって欲しい」

国王の提案にそれなら、と私も納得し頷く。

「なるほど。なら、セレネの母としてメイドになって、嫁いでいくまで見守ることにするわ」

国王の側室になるのは受け入れられないが、セレネのメイドならありだろう。

セレネは、私から【虚無の荒野】での生活を奪うことに躊躇いを感じているようなので、気にしないように微笑む。

「むむむっ、たしかにいつかはセレネもどこかに嫁がせる。そうなると、あと、六年か、七年か。あ、それしかセレネと一緒に居られないのか！」

そして、結婚という単語に苦悩する国王が少し面白くて私とテトが茶化す。

「女の子は早熟だから、もう少し早いかも知れないわね」

「そう言えば、セレネは、ガルド獣人国で仲のいい男の子がいたのです」

「そんなのは、認めんぞぉぉぉぉぉぉっ！」

ちょっとからかったら、国王は中々に面白い反応をしてくれるが、セレネからは半目を向けられる。

「お母さん、テトお姉ちゃん。お父さんをからかっちゃ駄目だよ。それと仲のいいのはトゥーリちゃんの弟でまだ2歳だよ」

それは私とテトも分かっているので、クスリと小さく笑ってしまう。

件の男の子とは、セレネの友達の犬獣人のトゥーリちゃんの弟だ。

ふわふわとした毛並みとクリッとした目が可愛らしい幼児で、同じ友達のキャルちゃんと一緒にその成長を見守っていた。

「それと私は、お母さんたちを使用人？　のように扱わなきゃいけないのは嫌だよ」

「それは困ったわね。じゃあ、聖女エリーゼ様のお墓参りが終わったら、大人しく家に帰って、ガルド獣人国の方でいい人探ししましょうか」

「折角、娘が手元に帰ってきたのに！　また出て行くのは、認めんぞ！」

まだ抵抗しようとする国王とのやり取りに、堂々巡りになりそうだ。

だから、そろそろこちらの切り札を切ることにした。

「それじゃあ、そろそろメイドさんたちには退室してもらえるかしら。ちょっと重要な話をしたいから」

「わかった。チセ殿から重要な話があるそうだ。下がれ」

私の提案に、国王や宰相が頷き、メイドたちに退室を命じる。

メイドたちが下がり、この部屋の中には、私とテト、セレネ。そして、国王と宰相、騎士が対面する。

和やかな雰囲気から一変して真剣な空気が流れる中、セレネが不安そうにする。

そんな中、私が提示できる妥協案を国王たちに提案する。

「私からの提案は、私たちとセレネが暮らしていたところからこの王宮に通って、少しずつ慣らしていくことよ」

「暮らしていた。ああ、大聖堂から王宮に通うなら、許可も可能だろうが、お前はどう思う？」

「騎士団長としての立場から言わせてもらいますが、警護の負担が増えると共に、襲撃の隙が生まれやすいです。できれば、こちらの態勢が整うまでは、大聖堂でそのまま暮らしていただいて、こちらから講師たちを送った方が賢明かと」

国王が尋ねた騎士――騎士団長は、警護の関係上、王宮の方が良いが、いきなり見知らぬ場所に送り込まれるよりは、大聖堂の方に王族のマナー講師を送った方がセレネの精神面と警護面で負担にはならないだろうと、判断する。

だが私は、静かに首を横に振る。

「いえ、文字通り。私たちが暮らしていた場所とこの王宮を繋げるわ」

そう言って、マジックバッグから事前に【創造魔法】で創っておいた【転移門】をカーペットの上に取り出す。

毛の長いカーペットに【転移門】の跡がついたらメイドさんたちに謝らなければ、と関係ないことが頭を過ぎる。

「これは、何ですか？　門型の魔導具のようですが……」

宰相が尋ねてくるので私は、素直に答える。

「【転移門】――対になる門との空間を繋ぐ転移魔導具よ」

「て、【転移門】だと⁉」

その魔導具の正体に驚愕する三人。

本職の魔法使いではないだろうが、【転移門】の存在を知っているようだ。

「ほ、本物なのか！　転移を可能とする魔導具など、本当に存在するのか⁉」

転移魔法は、空間魔法の中でもかなり難易度の高い魔法らしい。

それに魔力量に応じて転移できる距離も変わるらしく、宮廷魔術師でも使い手が一人いるか、いないか、と言うレベルで稀少らしい。

私も密かに練習している魔法の一つだ。

「実際に、通ってみるといいわ」

そして、【転移門】の通過をフリーに設定して、セレネを連れて【転移門】を通り抜ける。

水面のように波打つ【転移門】を潜り抜けると、私たちの見知った家に帰ってきた。

「あー、流石に二ヶ月ちょっと家に帰ってないと湿気が籠るわね。ちゃんと部屋を換気しないと」

そう言って家の扉や窓を開け放つと、クマゴーレムたちが畑仕事をしているのが見える。

ただ雑草取りや収穫などの細かな作業が苦手なので、地面に落ちた作物を拾い集め、堆肥置き場に捨てて、水遣りしてくれている。

そのまま、地面に落ちた作物は、【虚無の荒野】の新たな土になることだろう。

そうこうしている間に【転移門】からは、騎士団長が確認のためにこちらにやってきて、一度王宮に戻って、国王たちを連れて戻ってきた。

「本当に、見知らぬ場所に転移したのか？　それに、ここがセレネの暮らしていた家なのか……」

「うん、そうだよ」

そう言って見回すが、普通に台所や食卓、それぞれの個室や作業部屋があるくらいの小さな家だ。

そして、窓の外に見える家庭菜園とそれを管理するクマゴーレム、奥には小さな林の木々が立っているが、更に遠くには荒れ地が広がっている。

「ここはどこなのだ？　セレネが暮らしていたと言うのは……ガルド獣人国なのか？」

「いいえ。ここは、どこの国でもない――【虚無の荒野】の大結界内よ」

私がそう言うと、国王が驚き、宰相が納得し、騎士団長は、退路を確保するために【転移門】の前に陣取っている。

「獣人国のギュントン王子が、チセ殿と【虚無の荒野】に関する契約を結んだとは調べましたが、まさか【虚無の荒野】に出入りしていたなんて……」

「道理でセレネリールが見つからないはずだ。こんな場所に逃げ込まれたら、誰も追えぬ。チセ殿。この【転移門】は、まさか【虚無の荒野】に眠っていた古代魔法文明の魔導具なのか？」

「ええ、そうよ」

本当は【創造魔法】で創ったのだが、どちらにせよ今の人が作れないものなのだから変わらないだろう。

「セレネに与える離宮にこの【転移門】を設置して、こっちとそっちで行き来する生活をすればいいと思うわ」

「だから、人払いをしたのか……」

そう呟く国王は、今度は父親としてではなく国王としての顔を見せる。

「チセ殿。この【転移門】を私の国に売ってくれないだろうか」

「残念だけど、無理ね」

私は、きっぱりと断り、理由を一つずつ提示していく。

「一つは、【転移門】を使えば、容易にどこにでも兵士を送り込めるからよ。私は戦争に使えるものを売りたくないのよ」

片方の【転移門】を兵の詰め所に置き、もう片方を密偵に持たせたマジックバッグの中に入れておけば、どんな場所でも即座に軍隊を送り込めてしまう。

それは、非常に危険だ。

それに――

「もし、セレネの離宮に置いた【転移門】から【虚無の荒野】を占領するための騎士団を送り込んでも無駄よ。事前にこちらで登録した魔力を持つ人以外は、通れないようにできるわ」

それにもし通れたとしても私が【転移門】を破壊すれば、【虚無の荒野】に送り込んだ人たちは、孤立してしまう。

また、私の家の周りには魔力の流出を阻害する結界が張ってあるが、一歩結界外の荒野に踏み出せば、低魔力環境下に晒される。

慣れていない人は、急激な魔力の流出による虚脱状態に襲われ、更にこの周囲以外には、得られる資源は少ない。

そんな、無意味で、無価値な場所なのだ。

「……そうか。ならば【転移門】の件は諦めよう。それでセレネはどうしたい？」

私の話を聞いて【転移門】の入手を諦めた国王が父親の顔に戻り、セレネに尋ねる。

「私は、できれば、チセお母さんたちと過ごしたこの家にも居たい。でも、お父さんやエリーゼお母さんのことをもっと知りたい」

ワガママかな、と上目遣いで私たちと国王を見るセレネ。

「そんなことはない。今まで本当の親のことを知らなかったのだ。これから少しずつ知ってくれればいい。この【転移門】を離宮に設置することを許可しよう。それにこの家との行き来を自由にしても構わないさ」

「そうよ。王宮のあれこれが息苦しくなったらこっちに逃げて良いんだから。逃げることは悪いことじゃないわ」

私も、国王もセレネと一緒に居たいために、妥協案である【転移門】の設置が決まった。

セレネがどこかにお嫁に行くまでか、それとも完全に私から離れて王族として生きるか、あるいは私と共に平民として生きる覚悟と準備が整ったら、対になる【転移門】の機能を停止させるつもりだ。

「陛下……外部から王宮内部に直接移動できる魔導具を設置するのは、王宮の警備の観点から賛成しかねます。それに、チセ殿が【虚無の荒野】の結界を越えて、テト殿やセレネリール様を連れてこられたということは、外部の者も連れてこられるということです」

「その点は私も同意します。登録された魔力の持ち主しか【転移門】を通れないと言っても、それの設定ができるのがチセ殿です。セレネリール様を守り育てて下さった恩はありますが、万が一の可能性があります」

「魔女様、そんなことしないのです」

騎士団長と宰相からの反論に対して、テトが不満そうに呟く。

国王は、側近二人からの意見に、思案げな表情をしてこちらに話を振ってくる。

「こう言われているがチセ殿は、どう思う？」

「そうね。【転移門】を知ってしまいそうな使用人には、魔法契約で口止めしてもらうとか、私とテトには、【転移門】を使って王宮に人を送り込まない、って魔法契約を結んでもいいわよ」

魔法契約――ギュントン王子と結んだような魔法契約は、契約が破棄されるか、契約が完了するまで残り続ける強力なものだ。

一種、呪いに近い継続性がある契約書に書かれている内容は、如何なる状況でも遵守しなければならない。

「ならば、問題無いな。それでは契約内容は、【転移門】の設置とその守秘だな。だが、それに対する対価はどうする？」

だが、強力な魔法契約ほど、その制約に対して対価を設けなければならない。

「対価は、そうね。イスチェア王国に近い側の【虚無の荒野】の所有権を認めてくれる？」

「ガルド獣人国と同じ契約か？　そうだな……」

国王が宰相に目を向けると困ったように頷かれる。

「いいだろう。ただし、セレネが帰ってきたことを貴族たちに周知させるためのお披露目が終わった後だ。その後、チセ殿に【虚無の荒野】の所有権を認めるとしよう」

現状、この荒野はどの国も手出しできないので、認める他ないようだ。

「そう、ありがとう。それじゃあ、改めて王宮に戻って魔法契約を結んで、セレネの離宮に【転移門】を設置しましょうか」

そうして、全員で【転移門】を通り抜けて王宮に戻り、魔法契約を結ぶ。

その後、早速セレネの母である聖女エリーゼ様の使っていた離宮に案内されて、セレネが使う一室の続き部屋に【転移門】を設置することにした。

【転移門】自体は、登録した利用者以外は使えないように設定したが見つかると不味いので、続き部屋に【認識阻害】の魔法などを掛けて、意識の死角に入り込むようにした。

そして最後に――

「お父さん。エリーゼお母さんのお墓に、チセお母さんとテトお姉ちゃんを紹介したいんだけど……」

「うーむ。それは、難しいな」

「どうして？」

セレネが国王にエリーゼ様のお墓参りについて尋ねれば、国王は難色を示す。

「エリーゼの入った王家の墓は、エリーゼだけではなく他の王族たちが眠る神聖な墓所なのだ。立ち入るには、相応の地位の者でないと入る許可を出せないのだ」

慣習上、最低でも貴族以上の立場か、信頼できる身分でないと王家の墓所を訪れることができないらしい。

「いくらチセ殿たちがセレネの育ての母として信用できると言っても、ただのBランク冒険者だ」

「そう……例えば、準貴族扱いのAランク冒険者になれば、許可は下りるの？」

「そうだな。セレネの護衛としてAランク冒険者が同行するという形なら、問題ないだろう」

その話を聞いて、それほどやる気の無かったAランクの昇格試験だが、目的が生まれたためにやる気が出てきた。

「テト、Aランクの昇格試験、頑張ろうね」

「はいなのです！　魔女様と一緒にAランクになって堂々とセレネのお母さんのお墓参りをするのです！」

そして、セレネとの面会が終わり、名残惜しそうにする国王の視線を無視して、私とテトとセレネは、離宮に設置した【転移門】で【虚無の荒野】の家に帰り、ゆっくりと過ごすのだった。

23話【王都での思いがけない再会】

セレネは、一日置きに王宮と【虚無の荒野】を行き来する変則的な生活が始まった。

その中で、一週間の半分をセレネを互いの傍で過ごさせると言っても、どうしても割り切れない7日目がある。

7日目は、どちらで過ごすかで、私と国王がバチバチと視線で火花を散らす中、テトがセレネから要望を聞き出したようだ。

「魔女様。セレネ、教会に行ってお手伝いを続けたいみたいなのです」

「お母さん……お父さん……治療院のお手伝いを続けちゃ、ダメ？」

「教会の治療院での奉仕活動……そう、それなら仕方がないわね」

「エリーゼも週に一度は通っていた。分かった、手配しよう」

セレネの一週間は、三日は王宮で様々なレッスンを受け、三日は再生し始めた【虚無の荒野】の自然の中で休息を取る。

最後の一日は、教会の治療院で奉仕活動を行なうことで決まった。

そうした王宮通いの生活の中では、私は国王や護衛の騎士たちを信じてセレネを送り出している。

「大丈夫よ。国家の騎士だものね。セレネをちゃんと守ってくれるはずよ」

「魔女様、魔力が溢れているのです。落ち着くのです。それにセレネには、魔導具を持たせてあるのですよね？」

テトに落ち着くように言われた私は、漏れ出る魔力を抑えて、テトの言葉に頷く。

「ええ、そうよ。国王の許可を貰って防犯用の魔導具を、ね」

私は、国王や護衛の騎士たちを信じている。

だが、万が一私の大事なセレネが怪我やトラブルに見舞われるかもしれないために、防犯用の魔導具を持たせている。

ガルド獣人国でセレネを捜しに来た騎士たちを捕まえた魔導具と同じ機能の物を、王宮にあっても不自然じゃないデザインに変えて持たせてある。

そのことを思い出し、ようやく落ち着くことができた。

「それじゃあ、私たちも行きましょうか」

そうして私たちも新たに設置した別の【転移門】を潜り抜けるとそこは、イスチェア王都の一角にある一軒の民家である。

国王がセレネの離宮に設置した【転移門】を使って、私とテトもイスチェア王国と【虚無の荒野】

を行き来することを提案してきた。

しかし、流石に、王族の住む離宮にセレネの育ての母とは言え、冒険者が出入りしているのは、まずいと思った。

代わりに必要経費として一軒の民家を貰い、そこに別の【転移門】を設置して王都に移動している。

セレネが王宮や教会の治療院で活動する日は、付き合いのあるガルド獣人国の方に顔を出したり、イスチェア王国の王都でブラブラして過ごしたりする。

「あっ、このお菓子。セレネが好きそう」

王都で見つけた下町の食べ物なんかは、家に帰ってセレネが休みの時に一緒に食べて、のんびりと王宮での話を聞くのが私たちの最近の楽しみだ。

そして私は、王都の図書館の出入りも国王の許可を貰い、色々な本を読み漁って過ごし、テトは、冒険者ギルドの訓練所で趣味の模擬戦をしている。

散歩ついでに町中の雑務依頼を受けたり、休みの日にはセレネの成長を見守りつつ、Aランクの昇格試験の日を待つ。


『なんでも行方不明だったセレネリール王女様が王宮に戻ってきたみたいだぞ』

『11年前に行方不明っていわれた聖女エリーゼ様の子か？』

『なんでも教会の関係者に守られながら育てられたみたいだぞ』

『最近、治療院でエリーゼ様に似た女の子が回復魔法を使っているのを見たぞ。なんでもエリーゼ様から託された他の聖女様から魔法を学んだらしくて、かなりの腕前らしい』

『俺は、その子に治してもらったんだ。この折れちまった腕も元通りだ』


王都では王宮主導で、セレネリール王女の帰還の話が流布されていた。

セレネを育てた人は、冒険者よりも教会関係者の方が民衆受けがしやすいし、セレネの治療院での手伝いも民衆人気を勝ち取り、セレネの地盤を整えるのに役立つ。

貴族たちへのお披露目の前に、大分その存在を周知させようとしているんだなという思惑を感じながら、その日は冒険者ギルドに立ち寄る。

ガルド獣人国でもしたように、【虚無の荒野】の世界樹の周りに作った薬草の群生地から採取した薬草やそれを生成したポーションをギルドに持ち込む。

「ありがとうございます。王都は教会の治療院の規模が大きいですけど、ギルドでも品質のいいポーションを確保できて嬉しいです」

「そう、それは良かった。私も作ったポーションが役に立って嬉しいわ」

以前は、通常のポーションやマナポーションだったが、王都の図書館で見つけたレシピから各種の状態異常薬や上位のハイポーションやマナ・ハイポーションなどの薬を作れるようになった。

そうして、軽く受付で話し合っていると、私たちに大きな声が投げかけられる。

「あー！　あんたたち、チセ⁉　それにテト⁉」

誰だろう、と振り返るとそこには、見覚えのあるエルフの少女がこちらを指差していた。

「たしか、ラフィリア……だっけ？」

ダンジョン都市のトップパーティー【暁の剣】の後衛で、エルフの弓使いのラフィリアだ。

もう10年以上も前なのに、容姿はそれほど変わらずだが、少しだけ成長したように思う。

「あんたたち！　久しぶりね！　って言うか、全然変わってないじゃん！　なんでよ、人間でしょ⁉」

「ラフィリアは、少し大人っぽくなったんじゃない？」

出会ったのは昨日のことのように思い出せるが、雰囲気が丸くなったように感じる。

そして、テトは——

「うーん？　誰、なのですか？」

「嘘⁉　忘れちゃったの⁉」

「冗談なのです！　久しぶりなのです、ラフィリア！」

テトの冗談にガックリと肩を落として苦笑いするラフィリアは、次の瞬間には懐かしそうに目を細める。

「本当に懐かしいわねぇ。あれから色々あったのよ」

「ラフィリアのこと、色々聞かせてちょうだい。食事は奢るから」

そう言って、私たちは、冒険者ギルドの酒場の一角を借りて、ラフィリアの話を聞いた。

私たちがダンジョン都市を去った後――

アルサスさんのパーティー【暁の剣】は、私が【創造魔法】で作った聖剣――【暁天の剣】を使ってダンジョンの攻略を進めたそうだ。

元々Aランクだったアルサスさんと強力な聖剣の組み合わせで、ダンジョンコアがある最深部の30階層付近まで進んだらしい。

その後、ダンジョンコアを回収せずにダンジョンはそのまま残して、後進の育成に入っているとのことだ。

「それからアルサスとレナが結婚して、子どもが生まれたのよ。可愛い男の子と女の子が一人ずつ」

「そうなのね。あの二人が……」

カッコイイ剣士と妙齢の魔女の組み合わせは、冒険者としては絵になっていたのを思い出す。

「他には――」

斥候役の男とはパーティーを解消し、どこか別のパーティーに加入しているらしい。

魔力量は普通であり、既に身体的な全盛期が過ぎ始めたものの、長年務めた斥候としての経験と勘は、その老いを補うほどである。

もう一人の聖職者の仲間は、元はパウロ神父が育てた孤児だったので、冒険者を辞めた後はパウロ神父の手伝いで教会に戻ったらしい。

「そう。孤児院の子どもたちはどうしているのかしらね？」

「みんな元気でやっているって言うか、10年以上も経っているんだから、子どもどころじゃないわよ」

こーんなに背が高くなった子もいるのよ、とエルフのラフィリアよりも頭一つ分大きくなったダン少年がいる、と楽しそうに笑う。

そんなに成長したのか、と感心する一方、成長しない我が身を寂しく思う。

「それでラフィリアは、どうしてここに？」

「私は、Aランクの昇格試験よ。Aランクの昇格試験の資格を得たから毎年夏の昇格試験に合わせて王都に滞在しているの。これで三年目よ」

そう溜息を吐くラフィリア。

以前のラフィリアの実力も上位冒険者としては優秀だったが、そんな彼女でも毎回落とされるのだから、思った以上に難しいのかもしれない。

そして、今回イスチェア王国で行なわれる昇格試験に挑むのは、私とテト、ラフィリアを含めて16名らしい。

そして、その中から昇格できるのは2、3人くらいだが、ギルドの判断によっては一人も出さない時もあるらしい。

イスチェア王国では、Aランクの昇格試験の資格を持つBランク冒険者は、今回の受験者の数の4

倍から5倍はいるそうだ。

だが、全員が昇格試験を受けることはなく、各地域の戦力が低下しないように持ち回りで昇格試験を受けたりする。

そのために、昇格試験の開催回数が年2回以上であるのだ。

他にも昇格試験を受けない冒険者には、Bランクで満足していたり、既に冒険者としてのピークを迎えた人たちがいるらしい。

私たちよりもAランクの昇格試験の先輩であるラフィリアからそうした話を聞く。

そうして、今度は私たちの11年間をラフィリアに話した。

所々ボカしての説明だが、セレネとの生活を聞いて、嬉しそうに相槌を打ってくれる。

「そう、その義理の娘は、可愛いのね」

「ええ、もちろんよ。私たちの大事な娘よ」

「テトの大事な妹でもあるのです！」

そう力強く答える私とテトに、ラフィリアが困ったように笑う。

「あー、羨ましいわねぇ。里を飛び出して冒険者になったのは良いけど、同族との出会いもないし、そもそもエルフは子どもができにくいのよねぇ。子ども羨ましいなぁ～」

あと10年くらい冒険者を続けたら里に帰ろうかな、などと気長なことを言っているラフィリアに、流石は長命種族のエルフと苦笑してしまう。

まぁ、不老になった私も似たようなものかもしれない。

「あっ……そろそろ娘が帰ってくる時間だわ」

「ちゃんとお出迎えしないとなのです！」

ついついラフィリアと話し込んでしまったので、気付けばかなり時間が経っていた。

「そう、それじゃあ帰らないとね。また機会があれば話しましょう」

そうして私たちはラフィリアと別れた。

Aランクの昇格試験のために王都に来ていたラフィリアとは、その後も何度も話をした。

時には、ラフィリアと臨時のパーティーを組んで依頼を行ない、Aランクの昇格試験までの日々を過ごすのだった。

24話【セレネの王宮と荒野を行き来する暮らし】

SIDE：セレネ

私が王宮に通うようになって、三ヶ月が経った。

お父様が付けてくれた講師の方々から王族に相応しいレッスンを受けて教養を学んだ。

教会のシスターたちから教えてもらった物よりも何倍も難しかったけど、学ぶのは楽しかった。

それにお母さんやテトお姉ちゃん、それに週に一度の治療院での活動の休憩時間にシスターのお姉さんたちに学んだ成果を見せれば、褒められるのが嬉しかった。

王宮に向かう日、毎回は国王であるお父様と会えるわけではないが、たまに一緒にお茶をして話し合うことがあった。

「これが王宮にあるエリーゼの肖像画だ」

「これがお母様の……」

お父様とのお茶会では、お父様と私の知らないエリーゼお母様のことについて色々と教えてくれた。

お母様の肖像画を見上げながら、何の花が好きだったのか、どんな食べ物を一緒に食べたのか、お父様とお母様の馴れ初めなどを聞いたりした。

私からは、日々のレッスンの楽しさと大変さ、レッスンがない日のお母さんやテトお姉ちゃんとの過ごし方、庶民の暮らし、ガルド獣人国での出来事などを話した。

そうして、私に優しい目を向けてくれるお父様に、自分のお父さんなんだという実感が湧いてきた。

またある時は、王妃様からのお茶会の招待状が届いた。

「ようこそ、よく来てくれましたね。あなたとお会いできて嬉しいわ、セレネリール」

「初めまして王妃様。本日はお招き頂き、ありがとうございます」

まだ習い立てのぎこちないカーテシーを決めて頭を下げる私に、お父様の妻の一人である王妃のアリア様が嬉しそうな微笑みを向けてくれる。

優しそうな、それでいて美しい貴婦人に、こんな綺麗な人みたいになりたいなぁという憧れが生まれた。

「私にとっては、あなたも私の子のようなものよ。もう少し楽にしてほしいわ」

そう言って椅子に座ることを促された私は、王妃のアリア様とお話をする。

「先ほど、初めましてとあなたは言ったけれど、実はあなたが赤ん坊の頃に会っているのよ」

「えっ？」

思わず聞き返してしまった私は、慌てて口元を手で押さえる。

そんな私にアリア様は、クスクスと楽しげに笑い、エリーゼお母様との昔話を聞かせてくれた。

「エリーゼ様が居なかったら、私はきっとこの場には居なかったわ」

「それは、どういうことでしょうか……」

「あなたのお兄様を出産する時、私はとても危ない状態だったの」

第一王子の出産は、難産であり、アリア様も酷い出血を伴ったそうだ。

その時聖女だったエリーゼお母様は、王宮の治癒師たちと共にアリア様の出産と治療、その後のケアに尽力したのだそうだ。

「あの時、誰よりも私に回復魔法を使い、励まし、子どもの誕生を喜んでくれたのよ。だから、彼女は私の命の恩人でもあるのよ」

「そうだったんですか……」

「だからね。エリーゼ様があなたを生んだ時は、私も嬉しかったわ。そして、何度か会って抱き上げさせてもらったの。だけど、その後は……残念だったわ」

昔のことを思い出して嬉しそうにしながらも、同時に悲しそうに目を伏せる。

悪魔教団に襲われて亡くなったエリーゼお母様を悲しんでくれているのだろう。

「セレネリール？　いいえ、セレネって呼んでいいかしら？」

「は、はい！」

「あなたの境遇は、アルバード様から聞いているわ。それにあなたを育ててくれた冒険者のお母様たちのことをもね。私にも、その人たちのことも聞かせてもらえるかしら？」

「は、はい！　喜んで！」

そうして何度も王妃のアリア様とのお茶会を繰り返す中、エリーゼお母様の話を聞き、チセお母さんやテトお姉ちゃんのことも話した。

お茶会の回数を重ねていくと、他のお兄様やお姉様、それに弟や妹たちと顔を合わせる機会もあった。

行方不明で冒険者のチセお母さんたちに育てられた私を温かく受け入れてくれた。

イスチェア王室の人たちは、とても温かい人が多かった。

それと同時に、疑問に思った。

一夫多妻が認められているガルド獣人国で育ったために、抵抗感はないが、一般的には一夫一妻であることは知っている。

「アリア様は、私のお母様や他の側室様たちが来た時、どう思われたのですか？」

やはり、自分だけを見て欲しいのだろうか？　などと考えているとアリア様は困ったように微笑んでいる。

「そうね。若い頃のアルバード様はそれは多くの女性に持て囃されて、婚約者としては多少は嫉妬したわ。でもね……」

「……でも？」

「アルバード様は……いえ、イスチェア王族の方々は、非常に愛情が深い方々だから、私一人だと大変だと当時の王妃様に言われたわ」

どこか遠い目をして語るアリア様の言葉に、私は小首を傾げる。

「だから、王妃候補だった令嬢の一人を側室に迎えて結婚したけど、やはり二人でも大変だったわ。その後、アルバード様も王太子として魔物退治の遠征に出かけたわ」

「その話、お父様から聞きました。そこでお母様と出会ったんですよね」

「ええ、そうよ。聖女のエリーゼ様を側室として迎え入れたの。その時は私たちの負担が減ると泣いて喜んだわ」

アリア様の話はどこか遠回しな表現が多くて、少し分からなかった。

これも貴婦人の言い回しなのか、と感心しつつ、後でチセお母さんにそのことを尋ねたら――

『ああ、そうね。そろそろ、性教育を始めた方がいいのかしら？』

チセお母さんが遠くを見るような目をしながら、色々と悩んでいた。

そんなアリア様とのお茶会を何回か重ねた時、アリア様からあるお願いをされる。

「セレネ？」

「はい、アリア様。なんでしょうか？」

「いつか、あなたにもお義母様と呼んで欲しいわ」

無理強いするようなお願いではなく、ただいつかはと言った感じのお願いに私は、曖昧な微笑みを浮かべるだけだった。

お父様やお兄様たち、王妃のアリア様たちを私を受け入れてくれる家族として感じ始めていた。

それと同時に、寂しさを感じる自分がいた。

エリーゼお母様の話を聞いて、色々なことを知ることができたが、それでも本当のお母さんという実感はまだ得られなかったこと。

お父様や王妃のアリア様、お兄様たちと距離が近くなる程に、チセお母さんとテトお姉ちゃんとの距離が離れていくような気がした。

SIDE：魔女

夏のある日、私はテトとセレネと一緒にピクニックに出かけていた。

春先からセレネの王宮通いなどで色々とバタバタしていたが、ようやく去年のセレネの誕生日の約束通りに三人で出かけることができた。

「お母さん、テトお姉ちゃん！　ピクニック楽しみだね！」

「そうね。今日は、ゆっくり休みましょう」

「遊ぶ道具も沢山持ってきたのです！」

【転移門】で【虚無の荒野】の中心地までやってきた私たちは、植林した木々を抜けた先にある泉とその畔の野原にやってきた。

朝に三人で作ったパンと具材を挟んだサンドイッチを詰めたバスケットを持ち、テトの手には事前に用意した沢山の遊び道具が抱えられている。

石鹸植物から抽出したシャボン液や革を繋ぎ合わせたボール、細い木組みの枠に布を貼り付けたカイトを持って、今日の日を楽しみにしていたようだ。

「今日は、沢山お母さんとテトお姉ちゃんの写真を撮ろうね」

セレネは、お供にクマゴーレムたちを連れて、去年の誕生日にプレゼントした黒塗りの魔導写真機を持っている。

そして、野原にやってきた私たちは、早速近くの木陰に敷物を広げて荷物を置いていく。

「セレネ！　早速このボールで遊ぶのです！」

「うん、負けないよ！　それと写真お願いね！」

テトが遊び道具の中からボールを取り出して距離を取る中、セレネは写真機をクマゴーレムの一人に預けて、テトとのキャッチボールの撮影を頼む。

頼まれたクマゴーレムは、グッと親指を立ててセレネを見送る。

他のクマゴーレムたちも、テトとセレネのキャッチボールに加わったり、少し離れた場所で応援するように踊って楽しんでいる。

「本当に楽しんでいるわねぇ」

テトとセレネが【身体強化】を使った力強いキャッチボールを繰り広げている。

王宮では、体を動かす機会が少ないためか、ストレスを発散するようにセレネが全力でボールを投げて、テトやクマゴーレムたちがそれを受け止めている。

その様子はさながらドッジボールのようでもあり、苦笑いを浮かべてしまう。

「あー、楽しかった～！　それに暑い～」

「もう夏だからね。はい、お茶よ」

「ありがとうなのです～」

夏の強い日差しを感じる中で全力で動いたために暑くなったのか、首元を手で扇いでいるテトとセレネに冷たいお茶を注いで渡す。

王宮では絶対にできない姿なんだろうなと思いながら、その後も私たちは一緒にピクニックを楽しんだ。

一緒にサンドイッチを食べたり、下草として蒔いていたクローバーの中から四つ葉のクローバーを探したり、クローバーの花冠を編んだり、テトが持ち込んだシャボン液でシャボン玉を作り上げて空に向かって膨らませたりした。

「お母さん、テトお姉ちゃん！　ゴーレムさんが撮ってくれるからもっと寄って！」

「ええ、分かったわ」

「こんな感じなのですか？」

セレネを挟むように私とテトが抱きつく姿をクマゴーレムたちが撮っていき、思い出に残していく。

そして、遊び疲れて木陰で休むセレネが、あることを聞いてきた。

「私、お母さんとテトお姉ちゃんのAランク昇格試験を見に行きたい」

「そうは言ってもねぇ……」

Aランクの昇格試験は八月にあるので、もうじき行なわれる。

「一応、お父様にお願いしたら、お母さんたちから許可が出ればいいって」

セレネは、国王のことをお父様と呼び、亡きエリーゼ様をお母様と使い分けるようになった。

それと、セレネの正確な誕生日が分からなかったが、どうやら10月が誕生日であり、12歳の誕生日に貴族たちにお披露目する予定が決まったらしい。

それはともかく――

「それってお忍び？　うーん。ちゃんと護衛は付くの？」

「うん。一緒に付いて来てくれるって」

「セレネ、応援してくれるのですか？　なら、テト頑張るのです！」

何と言うか、冒険者同士の模擬戦と言ってもAランクを掛けた勝負だ。

それに、上位の冒険者と言っても全員が品行方正なわけじゃない。

そんな人たちが戦う様子をセレネに見せたいとは思わないが……

「うーん。はぁ、仕方がない。わかったわ」

「ありがとう、お母さん！　絶対に応援するからね！　それじゃあ、私はもうちょっと遊んでくるね！」

そう言ってセレネは、クマゴーレムたちを連れて野原を駆けていく。

「ホントは荒っぽい姿は見せたくないんだけど……まぁ、いいか。テト、私たちも行きましょう」

「はい、なのです」

そうして私とテトは、セレネを追い掛けて遊び倒し、夕方になり疲れて眠ってしまったセレネをテトが背負い、【虚無の荒野】での一日が終わる。

そして今日撮った写真の中で三人が写った一番いい写真を写真立てに飾り、残りはアルバムに仕舞うのだった。

そうしてセレネが王宮と【虚無の荒野】を行き来する生活が続いていく中、私たちもAランクの昇格試験の日を迎えるのだった。

25話【Aランク昇格試験・前編】

Aランク昇格試験当日、国王に貰った王都の家から試験会場であるギルドの訓練所を目指す。

王都のギルドの訓練所は、闘技場のような円形の地面と観客席が設けられていた。

ギルドのAランク昇格試験の会場の闘技場には、イスチェア王国内のBランク冒険者たちが集まっており、その数は16名だ。

「この16人と勝ち残り戦かぁ」

「この人たちと戦うの、楽しみなのです！」

16名中、2回以上この昇格試験を受けたことがあるのは、10人らしい。

残りが、今年になってその試験条件を満たした冒険者となる。

試験の一対一の勝ち残り戦の性質上、私のような後衛職や補助系の技能を持つ冒険者には、不利な内容と言える。

「受験者以外にも見に来ている人たちは、パーティーメンバーかしらね」

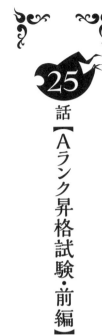

基本、一般公開されていないが、仲間内での応援は許可されているようで少数ながら居る。

その中には、教会のシスター服に身を包んだセレネが他のシスターや護衛の騎士たちに囲まれて見に来ており、私に小さく手を振ってくれている。

「魔女様、セレネなのです」

「ええ、いいところ見せないとね」

そんな中、王都の冒険者ギルドのギルドマスターが現れた。

「今回も昇格試験を始めることができて嬉しく思う。長い話は俺も好きではない。初めての受験者もいるから簡潔にルールを説明する」


冒険者ギルドの昇格試験である勝ち残り戦のルールは――
・相手冒険者を殺さない。殺したら、即失格。（理由は貴重な上位冒険者の数を減らさないため）
・殺さなければ、どのような手段でも許可し、治療はギルドが受け持つ。
・治療を受けても続行不可能だと判断されれば、その時点で参戦不可。ただし、それまでの戦闘を加味して昇格の合否が判断される。
・勝ち数を競うのではなく、冒険者としての必要な資質を見るための試験である。
そんな感じのルールが説明され、早速クジを引かされる。

「……私は、８番ね」

「テトは、３番なのです」

始まるまでに僅かな時間がある私は、自分とテトのステータスを確認する。

名前：チセ（転生者）
職業：魔女
称号：【開拓村の女神】【Bランク冒険者】【黒聖女】
Lv80
体力２５００／２５００
魔力１０８６００／１０８６００
スキル【杖術Lv４】【原初魔法Lv９】【身体剛化Lv１】【調合Lv５】【魔力回復Lv８】【魔力制御Lv９】【魔力遮断Lv７】……ｅｔｃ．
ユニークスキル【創造魔法】【不老】

【テト（アースノイド）】
職業：守護剣士
称号：【魔女の従者】【Bランク冒険者】

ゴーレム核の魔力87990／87990
スキル【剣術Lv8】【盾術Lv4】【土魔法Lv8】【身体剛化Lv3】【怪力Lv5】【魔力回復Lv4】【従属強化Lv4】【再生Lv4】……etc.

レベルはここ数年の間上がっていないが、スキルや魔力量などを考えれば、Aランク冒険者でも十分に通用すると思う。

それでも実戦では何が起こるか分からないので、油断のないように行こうと思う。

そして、昇格試験の勝ち残り戦が始まり、1番と2番の冒険者が訓練所の中央に出てくる。

一戦目はどちらも人間の戦士のようだ。

片方はAランク昇格試験初参加の冒険者で、もう片方はユニークスキルを持つ粗野で粗暴な冒険者のようだ。

勝負の結果は、初参戦だった1番の冒険者が一瞬のうちにノックアウトされた。

初参加の冒険者も腕は悪くなかった。

だが、ただの【身体強化】では、【身体剛化】に身体強化系のユニークスキルで強化された膂力から振るわれる大剣を受け止める事ができなかった。

初参加の冒険者は、一合目を受け止めた瞬間に十数メートルの距離を吹き飛ばされ、腕が折られてしまった。

そこで勝負は決まりである。

【身体剛化】とユニークスキルの掛け合わせによる高い破壊力ね。純粋に強いわね」

「それじゃあ、行ってくるのです～」

「テト。気をつけてね」

そして、続いての勝負は、３番のテトだ。

どうやらユニークスキル持ちの冒険者は、通称【肉断ち】のロックと呼ばれるBランク冒険者らしい。

去年の昇格試験では、対戦相手の冒険者に挑発されたことが原因で殺害し、試験失格になったらしい。

一応、対戦中の事故扱いだったが、粗暴な性格と喧嘩っ早さ、依頼時のトラブルなどの評判も合わさり、実力は高いが不良冒険者扱いされている。

なぜ、そのような人物がAランク昇格試験を受けられるのか、甚だ疑問である。

「よろしくお願いするのです」

「ケッ、ガキで女が相手だと？　舐められたもんだなぁ。早々にぶち殺してやるよ！」

そして始まった戦いは、無骨な大剣を振り下ろし、テトが真っ正面から受け止める展開となった。

会場にガギン、という金属同士の鈍い音が広がる。

「おー、凄いのです。結構、力強いのです」

「クソがぁぁっ、大人しく倒れろぉぉっ！」

優れた肉体と身体強化、そしてユニークスキルの相乗効果で強力な魔物を屠ってきたのだろう。

普通の冒険者なら手が痺れたり、衝撃に耐え切れずに吹き飛ばされ、腕やあばら骨が折れるほどの力だが、テトはそんな太刀筋の見える大剣を軽く魔剣で受け止める。

「そりゃ、レベルが違い過ぎるわね」

瞬間的に魔力を爆発させせて力を得るユニークスキルと【身体剛化】の掛け合わせで膂力を強化しているのだろう。

だが、膨大な魔力で全身を隙間無く覆っているテトの方が【身体剛化】の練度に優れている。

ユニークスキルで瞬間的に魔力を爆発させせたにもかかわらず、テトの防御を突破できない巨漢の冒険者は、魔力切れを起こし始める。

「クソッ、どうなってやがる。俺様の攻撃が」

「軽いのです。攻撃は、こう、なのです！」

テトは、緩急のある動きで巨漢の冒険者の懐に入り込み、剣を振り抜く。

普通なら胴体が真っ二つになるが、【身体剛化】の魔力で魔剣を覆い、剣の切れ味をあえて落とすことで打撃武器のように使う。

そして、魔剣で殴られた巨漢の冒険者は、自身が吹き飛ばした冒険者と同じように地面を転がり、気絶してしまった。

「魔女様、勝ったのです～」

こっちにブンブンと手を振って、次は観客席のセレネの方にも向く。

昇格試験で巨漢の冒険者が勝ち抜くと予想していた他の冒険者たちは、まるで稽古でもするように相手の攻撃を受け止めて勝ったテトの強さに驚いている。

観客席にいるセレネもテトの勝利に、小さく喜んでいる。

続いて勝ち残ったテトが対峙する４番手の冒険者は、ドワーフの魔法使いだ。

テトとの距離を取って魔法で攻撃を仕掛けようと、開始位置からバックステップで後退しながら魔法を放ってくる。

対するテトは、放たれた魔法を剣で斬り捨てながら距離を詰め、相手の体に剣先を突きつける。

「こ、降参だ……」

「また勝ったのです」

相手の冒険者の敗因は、後衛魔法使いとして守られることに慣れているために、自身に結界を張って防御力を高めるということをしなかった点だろう。

こんな風に、守られ慣れている冒険者がいるから、あえて後衛職には不利な試験になっているのかもしれない。

Ａランクの依頼とは、それほどまでにパーティーでの技量の他にも個人の生存能力が問われるのだろう。

続いて5番目の冒険者は、エルフのラフィリアだった。

「テト！　私は、あの時の私とは違うわ！」

「来るのです、ラフィリア！」

ラフィリアが開始と共に、精霊魔法を付与した弓矢の速射をする。

それも様々な角度から襲ってくる魔法を付与した矢だ。

テトはそれを避けるが、避けた矢は、軌道を変えてテトに当たるまで追尾してくる。

「うー、面倒なのです！」

「さぁ！　更に数が増えていくわよ！」

更に放ち続ける矢の数が30を越える。

そして――テトの体に当たると圧縮された空気が爆発し、吹き飛ばされる。

それが次々とテトに着弾して連鎖爆発を引き起こし、吹き飛ばされた先で闘技場の内壁に突き刺さったテトは――

「ちょっと痛かったのです！」

「嘘、ランドドラゴンも一撃で倒す、私の必殺技が……」

ラフィリアと出会った当時なら危なかっただろうが、【身体剛化】で全身の防御を固めている現在のテトは、土埃などを付けているが、無傷である。

「……降参よ。あれで倒し切れないなら打つ手ないわ」

『わかりました。冒険者、テトの勝利！』

「おろ？　もう終わりなのですか？」

きょとんとするテトは、自分がぶつかった内壁を土魔法で直しながら、次の冒険者を待つ。

ラフィリアが早々に棄権したのは、テトとの戦闘で消耗することを避け、二巡目の勝ち残り戦に体力と魔力を温存しようという考えがあるようだ。

そして6番目の冒険者は、斥候寄りの冒険者だった。

開幕と共に無数のナイフを投げ、風魔法で後押しするように加速させる。

それをテトが打ち払うと、ナイフの柄に括られた袋が開き、中の粉末がテトの周囲に広がる。

「何なのですか？　この煙、変な匂いがするのです！」

「吸い込んだな！　大の大人ですら手足が動かせなくなる即効性の痺れ薬だ！」

相手の冒険者は、魔力量が普通で、魔法の適正も弱めの風魔法しか使えないのだろう。

薬物とそれを送り込む風魔法を組み合わせて使い、高い練度の【身体強化】と体の動きをアシストする風魔法の制御力で、Bランク冒険者までのし上がってきたのだろう。

昇格試験を受ける冒険者の中で最も才能がない。

だが、彼の努力と創意工夫こそ私は、一番恐ろしい資質だと感じる。

ただ――

「テトには、効かないのです」

「な、なに……ぐっ！」

今回は相手が悪かった。

ゴーレムの魔族であるテトには、薬は効かない。

防毒用の魔導具を用意していたのか、まだ痺れ薬が舞っている中に、短剣を持って突っ込んでいくが、接近したところでテトに腕を取られて、背負い投げの要領で地面に転がされる。

「こ、降参だ。【薬物耐性】でもあるのかよ。どんだけ強いんだ」

ほぼ無傷。そして魔力の消費も少なく勝ち進むテトに周囲の目の色が変わる。

事前にギルドの訓練所でテトの手の内などを調べ上げていたはずだが、予想以上だったのだろう。

そして続く、7番の冒険者は、魔法使いタイプらしい。

テトに攻撃するよりは、行動を封じるために四方から生み出した氷の牢獄で囲み、その牢獄に向かって巨大な氷塊を放つ。

「これで終わりだ！」

その冒険者も勝ち抜くためにテトに全力で挑んでいくが、テトは、氷の牢獄の中で、魔剣を構える。

「よっこい、しょ！　なのです！」

緩い掛け声と共に振り抜き、魔剣に纏った魔力を飛ばす。

【身体剛化】で強度の乗った魔力の斬撃が氷の牢獄を斬り裂き、氷塊を打ち砕いていく。

パラパラと小さくなった氷が頭に掛かるので、軽く手で払ったテトは、最大の攻撃魔法を防がれて、呆然とする冒険者に近づき、剣を突き立てる。

「終わりなのです」

「こ、降参だ！」

「いよいよ、魔女様との戦いなのです！　負けないのですよ～！」

勝ち残り戦なので、テトと当たるとは思っていた。

正直、テトと戦うのは気乗りしないが、このままだとテト一人で全員抜き達成しそうなので、私もAランク昇格を目指して頑張ろう。

それに――

「お母さんもテトお姉ちゃんも頑張って……」

セレネが応援してくれているんだ。

テトに負けて見せ場がここで終わるのは、ちょっと寂しい。

「セレネの前で不甲斐ないところ見せられないから、結構本気で行くわよ」

「わかったのです。テトも、やるのです！」

魔剣を構えたテトは、今までセーブしていた魔力を更に一段解放し、威圧してくる。

対する私は、膨大な魔力を限界まで圧縮した【身体剛化】を体の表面に静かに流す。

「は、始め――！」

テトが速攻で駆けてくるので、私は後ろに飛ぶようにして飛翔魔法で空中に逃げる。

「私から行くわよ。――《サンダー・ボルト》！」

対ランドドラゴンで使った落雷の魔法だ。

あの時より改良を加えた落雷の魔法は、一発で一般的な冒険者の魔力量である３０００魔力近くを消費する。

それを10発連続で闘技場に降らせていけば、会場の冒険者たちが驚愕する様子が見られる。

現在の魔力が10万を超えているために、容易にできる大魔法であるが、テトは、それらの攻撃を走って避けていく。

「空に逃げるのは、ズルいのです。こうなったら――」

テトは、地面に片手を突き立てると、地面を操作して粘土のように千切って持ち上げる。

そして、持ち上げた土を圧縮して石の塊を生み出す。

「そーい、なのです！」

「それは、危なっ!?」

空中に居る私に対して石を投げてくるが、下手に避けると闘技場の外まで飛び出して行きかねない勢いがある。

私は、結界で包むようにして受け止めようとするが、石自体に【身体剛化】の魔力を纏わせて投げたために威力と強度が砲弾のようだ。

「――《マルチバリア》！」

多重結界を張って受け止めるが次々と割られていく。

一枚1000の魔力を消費する多重結界が10枚も割られた。

この時点で私の魔力は、残り6万ほど。

対するテトは、まだまだ魔力に余裕がありそうだ。

「これで、最後なのです！」

投石を囮に、地面を操作して足場を産み出して、その足場を蹴って空中にいる私に接近する。

十メートル以上の高さにいる私までテトが迫ってくるが——

「——《グラビティ》！」

テトの魔剣がギリギリ私に届きそうな瞬間、加重の魔法でテトを地面に押し返すと、魔剣は届かずに地面に勢いよく叩き付けられる。

「ぐぎぎっ……魔女様、もう動かないのです。降参なのです、テトの負けなのです～」

テトの負け宣言で終わったことに安心して、長い溜息と共に魔法を解く。

魔法戦は、基本はどれだけ相手の魔力リソースを減らすかが勝負である。

攻撃のために魔力を使い、防御の結界を破壊して魔力を減らす。

勝負の肝は、相手の防御を上回る攻撃でダメージを通すか、地道に魔力を減らすように戦うかだ。

「ホント、テトと戦いたくなかったわよ。冷や冷やするもの」

「あれくらいやらないと、魔女様には全然攻撃が通らないのです」

テトの方は、【身体剛化】や土魔法を使って、効率良く私の魔力を減らしていたのだ。

実際、私の魔力量の半分を減らしたテトが、ここまでの勝ち残り戦で消費した魔力量は目測1万程度だ。

加重の魔法での拘束も【身体剛化】で全力で抵抗し、飛ぶ斬撃——などを使っていたら、更に私の魔力を減らしてテトが勝っていただろう。

だが、その後の勝ち残り戦を考えると、ここら辺が引きどころだと考えたのかもしれない。

「き、君!? 治療は？」

「魔女様」

「はいはい。——《ハイヒール》！ （それと魔力補充の《チャージ》もね）」

回復魔法を実際に使って見せて、更にテトの減った魔力を補充する。

これで私の残り魔力は、4万だ。

まぁ、次の勝ち残り戦の前にマナポーションを飲む暇があるので、回復の足しにはなるはずだ。

そして、周囲の人は、私とテトの激しい攻防に唖然とし、まだ次の戦いが控えているのに、回復魔法を使ったことに更に驚いている。

26話【Aランク昇格試験・後編】

テトに勝ち、勝ち残り戦のバトンが私に切り替わる。

マナポーションを飲んだが魔力の回復量は、一般的な冒険者の魔力量である３０００と、落雷の魔法一発分の足しにしかならない。

そして、９番目のドワーフの冒険者が私の前に現れる。

テトに使った《サンダー・ボルト》なんて落雷の魔法は、元々は複数人で討伐するようなランドドラゴンに向けていた雷魔法だ。

Aランク昇格試験の受験者と言っても、Bランク冒険者では、単独で受けたらタダでは済まない魔法のために他の試合では封印しよう。

とりあえず、結界を張って様子見かな、と思っていると相手が斬り掛かってきた。

「魔法使いなのに先制も回避もしないのは、舐めているのか！」

「そうじゃないんだけどね」

相手は、かなり練度の高い【身体剛化】を使えている。

だが、テトの【身体剛化】の威力を想定した結界のために、同じ【身体剛化】による一撃でも籠められた魔力量と高密度の結界が余裕を持って受け止める。

振り下ろされた斧が私の目の前で止まり、その結界の強度に驚きながらも相手は何度も斧を叩き付けてくる。

だが、まるで壊れる気配のない結界に私から距離を取ろうとするが――

「遅い――《ストーン・ウォール》《アース・バインド》」

「グッ、しまった……降参だ」

逃げた相手の背後に土壁を生み出し、その土壁から腕を伸ばして体を拘束する。

殺傷力は、《サンダー・ボルト》で見せている。

相手の攻撃から身を守る結界の防御力や飛翔魔法による回避力。それにテトに対しての回復魔法
――今回は、相手を無力化して捕まえる捕縛力を見せた。

冒険者ギルドには、薬草などの素材を丁寧に納品しているので、採取能力は問題無い。

あとは、Aランクになるには何が必要か、と考えていると10番目の冒険者が現れた。

その人も他の魔法使いと同じようだ。

魔力量も多く、2万は超えているかも知れない。

「あれだけの魔法を使えるあなたに敬意を表して、私の必殺技だ!」

四方八方から襲う炎弾の嵐。

それを一つ一つ結界で包んで、内部で握り潰すように押さえ込む。

何時ぞやの襲撃者に対処した時の方法だが、あの時より【魔力制御】スキルのレベルが上がっているお陰で、スムーズに止める事が出来た。

「――降参だ」

続いて11番目の槍使いの冒険者は、【身体剛化】による加速と槍先に力を込める一点突破を狙う。

それに対して多重結界を張って防ごうとしたら、三枚目までの結界が破られたことに驚き、槍使いの冒険者も一点突破の攻撃を防がれたことで互いに驚いた。

その後、槍使いの冒険者は、再度突撃による一点突破を狙ってくるが、私は勢いを付かせないように絶えず魔法を放ち、また直線の進路に障害物などを生み出して妨害する。

槍使いの冒険者が魔法の弾幕の攻撃を受けて動きが鈍ったところで、土魔法で拘束した。

12番目の冒険者は、他の魔法使いに対しての対策として、魔封じの魔導具を持ち込んでいたようだ。

「これであんたは魔法を使えないはずだ！」

「珍しい魔導具を持ってるのね」

魔封じの原理とは、魔力のジャミングだ。

魔法を構築する魔力を外部から、別の魔力の波長を照射することによって阻害する。

獣系の魔物が使う魔力を乗せた咆哮は、似たような魔法の攪乱効果を持っている。

だが、それも想定して制御能力を高めているので、ちょっと魔法の発動が遅いかな、という程度だ。

そもそも魔力量が多い私からしたら、魔力量のゴリ押しで魔法を成立させることだってできる。

だが、今回は――

「まぁ、対策くらいはちゃんと考えているんだけど、ね！」

「なっ、魔法使いじゃないのか！」

一瞬で近づいて、杖で殴りかかる。

今回の魔封じの原理では、魔法使いの体外に放出される魔力を妨害するのであって、体内魔力には作用しない。

そのために、テトに比べれば練度は落ちるが、【身体剛化】での近接戦もできない訳じゃない。

「一応、冒険者だからね。多少は自衛のための近接戦闘ができないとね！」

私は、小柄な体で相手の攻撃を躱して、杖や拳、蹴りで応戦する。

ちなみに、魔法使いなどの囚人に使う拘束具は、魔力を吸収する【吸魔】の魔導具も併用する。

こちらの方は、体内の魔力を強制的に吸い出して拘束具の強化に使うので、魔法を使えず、身体強化もできず、更に拘束具も破壊が難しくなるそうだ。

そんなことを考えながら、５分ほど相手の冒険者と打ち合いを演じ、最後には懐に潜り込んで腹部に杖先が突き刺さり、その場で相手が崩れ落ちる。

「まぁ、近接戦闘能力は、こんなものかな」

魔法が主体であるが、近接戦闘もできる私をどう攻めていいか分からず、他の冒険者たちの戸惑っている様子が分かる。

「魔女様、すごいのです、かっこいいのです！」

テトが私に声援を送り、自慢するように胸を張る姿に苦笑を浮かべる。

「お母さんは、やっぱり凄いね……」

私の活躍を嬉しそうにするセレネをチラリと見て、セレネに良いところを見せられたことに安堵する。

『――タ、タイム！　少し休憩を要求する』

そして、13番から16番目までの冒険者たちは、次の試合が始まるまで僅かな休憩を要求した。

本来、連戦する私が要求するものだろうが、13番から16番目の冒険者たちは互いに集まり、即興の作戦を立てる。

二周目の勝ち抜き戦で評価されてAランク冒険者に昇格するために、際立って強い私に勝つ作戦を立てている。

その後、４人の冒険者たちは、互いに役割を決めて、様々な方法で私の魔力を消耗させ、結界の防御を突破しようとするが、どれも無駄に終わる。

それでも彼らの努力の結果、私の魔力が残り２万を切ったことを考えると、幾ら魔力量が多くても飽和攻撃を仕掛けられれば、魔力が尽きて負けることもあり得るだろう。

そして、勝ち残り戦が二周目に入り――

「先程の戦闘での負傷が響いているので、棄権するとのことです」

「そう……」

一番目の冒険者の棄権により、二周目の最初の試合は終わる。

一応、治癒師を冒険者ギルドに派遣してもらっているらしいが、その人でも治し切れないとなると相当な重傷かもしれない。

そうなると次の相手は――

「魔法が少し使える程度のガキが、粋がってるんじゃねぇ」

「別に粋がってないし、こう見えても二十歳を越えているからガキって歳でもないわよ」

「てめぇみてぇな魔力もまるで感じねぇガキが実力者なわけねぇだろ！」

つい先ほどまで気絶していた2番目の不良冒険者が、苛立ち気味に私に突っかかってくる。

私は、膨大な魔力を無駄なく制御し、結界を張っているので確かに感じ辛くある。

だが、他の冒険者たちがこちらを侮ることをしなかったのは、私の魔力の底を見通せなかったからだ。

だからこそ、全員が本気で掛かってきたのだ。

逆にテトに気絶させられて私の戦闘を見ていなかったからといって、現在の私の状態を感じられないということは、自分の魔力感知能力の低さを露呈していることに気付いていないのだろうか。

余程自分の強さに自信……いえ、ユニークスキルによる驕りがあるように思う。

「ただの実力よ。テトに負けたのに良く吠えるわね」

「あ⁉　てめぇも俺様を馬鹿にすんのか⁉　この魔剣・肉断ちを持つロック様をよぉぉっ！」

魔力を放出して威圧してくるが、そよ風程度にしか感じない。

これならまだダンジョンで戦ったロングワームの方が脅威に感じる。

「いいだろう。去年は、イラッとしてつい殺しちまって昇格試験を逃したが、今年は殺しはしねぇ！ただし、二度とマトモに暮らせねぇ体にしてやるぜ！」

「……品がないわね」

私の結界に大剣を振り下ろしてラッシュを仕掛けてくる。

テトを除けば、今日戦ってきた冒険者の中で最も安定した攻撃力だろう。

だが、一点突破を狙ってきた槍使いを超える瞬間火力がないために、私の結界を破れる気配はない。

(――頑丈そうな体だ。手加減していると、何度も起き上がりそうね)

内心、どうやって倒すべきか思案していると、こちらが手も足も出ないと勘違いした巨漢の冒険者が挑発してくる。

「どうした！　俺様に手も足もでねぇのか！」

そんな中で、ふとこの頑丈そうな相手に対して、実験することにした。

「そうね……これにしましょう。――《フリーズ・ウォーター》」

私は、魔法を発動させる。

ただ水球を幾つも浮かべて、巨漢の冒険者に放つ。

「はっ、そんなちゃちな水魔法をくらうかよ！　冷てぇ⁉」

大剣で斬り払い、水球はバシャッと崩れて足元に広がるが、男の体に掛かった水が瞬間的に凍り付く。

「ただ相手の体温を奪うことを目的とした魔法よ。どうかしら？」

次々と生み出す水球は、過冷却水で構成された零度以下の水だ。

魔法で生み出したために当たるまでは水として維持されているが、当たった瞬間に瞬時に凍るそれは、次々と重なって巨漢の冒険者を覆う大きな氷の塊になる。

「クソがぁぁぁッ！」

だが、相手も手練れの冒険者だ。

【身体剛化】で強引に体の筋肉から熱量を生み出し、氷を溶かそうとするが――

「――《ブリーズ》」

ただのそよ風が溶けた氷の水分を吹き飛ばし、気化熱で更に体温を奪う。

そしてまた過冷却水の水球をぶつけられて、巨漢の冒険者の体温がドンドンと下がっていく。

歯の根が合わずに、ガチガチに震えて剣を握る手も強張り上手く剣が握れない。

他のこの場に居る人たちは、様々な反応を見せる。

『こんな戦いがあっていいのか？　冒険者として、戦士としての誇りはないのか⁉』

『これがAランク冒険者になる者の戦い？　底が見えん』

『魔法は知識量によって左右されると言うが、雷の大魔法が使えるかと思えば、あんな下級魔法でBランク冒険者をあしらうとは、恐ろしい』

『これは確定だな。実質、攻撃力だけならAランク相当のロックを子ども扱いだ』

そんな声が聞こえる中、試合相手の巨漢の冒険者に降参を勧める。

「降参する？　このままだと死ぬわよ」

「てめぇ、何を、した！　俺様には……魔法耐性が！」

「ただの生理現象よ。魔法の攻撃をスキルで防げても、環境の変化は防げないのね」

気合いで腕を振るうが、血の巡りが悪くなっているのか動きが鈍く威力が乗らない。

低体温症は命にも関わるから、この辺りで心を折ることにしよう。

「降参しなさい」

「だれが……するか！」

「そう……なら、もう一度言うわ。降参しなさい！」

今まで抑えていた魔力を放出して威圧する。

Bランク冒険者たちとの連戦で魔力が大分減っているが、それでも宮廷魔術師クラスの魔力は残っており、それら全てを威圧に回す。

一度の魔力放出量には限界があるが、【身体剛化】の応用で体内で密度を上げた魔力による威圧は、寒さとは別の本能的な恐怖を呼び起こし、大の男が震え始める。

しかも魔力の威圧には指向性を持たせているので、他の人には感じない。

魔力による威圧で恐ろしさから降参する前に、巨漢の冒険者は、白目を剥いて気絶することを本能が選んだようだ。

「あっ……やり過ぎたかしら。すぐに救護してあげて」

魔法を解除して、体温を元に戻すように温めるが、それでも皮膚が霜焼けなどを起こしているのでポーションも振り掛ける。

これで実力の差を理解してくれれば、楽なのよね。

そんな感じでAランクの昇格戦は、再び3番目のテトとの勝負に戻るが――

「テトは、魔女様とやらないので降参なのです」

なんとも締まらない降参。

そして、ラフィリアを除く4番から7番の冒険者たちとも模擬戦をしたが、ほとんどがこれまでの私の戦いを見て降参した。

最後に、ラフィリアだけが挑んできたので戦った。

「くらえぇぇぇっ！」

テトに放ってきたものと同じ精霊魔法を付与した弓矢の連射が私の結界に突き刺さる。

それもテトの時のような様々な角度ではなく一点突破を狙ってきた多重爆破により、結界に罅《ひび》が入るのを感じた。

そして、次々と結界が割られていき、その威力は、テトが【身体剛化】を乗せた投石にも匹敵する。

また連戦による魔力の減少によって、結界の維持が難しいと感じ――

「――残り魔力が少ないから私は、棄権するわ」

「えっ？　まさか、私……勝ったの？　っていえいえ、チセ！　あなた、【魔晶石】の魔力が使えるでしょ！」

一度、アルサスさんの聖剣を【創造魔法】で創る時、足りない魔力を【魔晶石】から流用したのを見ていたために、ラフィリアがそう突っ込んでくる。

確かに、この昇格試験では、道具の持ち込みはありのために【魔晶石】も使えなくはないが……

「それでも疲れるのよ。あと結界を何枚も割られたのは、地味にショックなのよ」

テト以外に、一度も傷つけられたことのない結界なのに、今日一日でラフィリアと槍使いの冒険者の二人に傷つけられたので、精神的なショックが大きくやる気が起きない。

それに魔力を使いすぎて地味に疲れた。

いつもは、【虚無の荒野】に少しでも魔力を満たすために放出するが、それと魔法を使うのは感覚的に別なので、そろそろ休みたい。

そして残ったラフィリアが勝ち残り戦を続け、こうして私とテトのイスチェア王国でのAランク昇格試験は終わった。

27話【秘密の護衛依頼】

Ａランクの昇格試験が終わり、しばしの審議が始まる。

私が棄権した後、エルフのラフィリアが他の冒険者たちとの勝ち残り戦を続けた。

ラフィリアと槍使いの冒険者との一戦は、派手な魔法と槍術の応酬に非常に見応えあった。

私やテトの戦い方は、地味で淡々とした作業感が強いので、そうした意味では上位冒険者らしい戦いをした二人だった。

１番と２番の冒険者は戦闘の続行が不可能な中で、ラフィリアは、一度手の内を晒した二周目の冒険者相手に善戦して７人抜きを達成する。

その後、他の冒険者の戦いは続くが大抵はテトに妨げられて連戦が止まり、気付けば一日で昇格試験が終わってしまった。

既にセレネは帰ってしまったが、ギルドにいる騎士が結果を後で伝えてくれるかも知れない。

そして、夕暮れ頃になり、結果が発表される。

「今回の昇格試験のAランク昇格者は――チセ、テト」

勝ち残り戦の勝利数から言えば、妥当なところだろう。

そして、最後にもう一人。

「――そして、ラフィリア」

「えっ、嘘っ！　だって私、テトに負けたし、チセには勝ちを譲って貰ったのよ！」

確かに、テトには負け、私との勝負は、必殺の攻撃を防がれたが、魔力の残量が減っていたために私が棄権した。

「ここ数年での能力の伸び幅を確認している。そして、最後のチセ殿に対しても挑む気概と瞬間的な能力は、Aランクでもやっていけると判断できた。良き仲間を揃えることができれば、どんな困難にも打ち勝てるだろう」

「……はい。チセやテトの様に、これからも精進します」

深々と頭を下げるラフィリアは、Aランクの昇格を受けるが、それは通過点らしい。

目指すのは、真にAランクでも通じる強さのようだ。

だが、あの精霊魔法を付与した矢の速射は、以前戦ったAランクにも匹敵する五つ首のヒドラ相手でも十分に通用する威力だと思う。

「さて、それじゃあ、帰りましょうか」

「はいなのです」

ギルドカードの更新をしてもらった私とテトは、買い物をしてから転移門で【虚無の荒野】に帰れば、先にセレネが待っていた。

「お母さん、テトお姉ちゃん、Aランク昇格おめでとう！」

「セレネ、ただいま。頑張ったわ」

「ただいまなのです～」

先に帰ってきたセレネから昇格を祝われ、そして家には他にもお客さんが来ていた。

「国王？　それに宰相さんと騎士団長さんも」

「お父様たちが、お母さんに話があるんだって……」

「そう……」

何の話だろうか、と思いながら、椅子を勧めて、向かい合う。

「まずは、Aランク昇格の祝いの言葉を贈ろう。我が国でも50人に満たない貴重な人材だ」

「それは、多いと見ればいいのか、少ないと見ればいいのか悩むわね」

50人と言っても実際に冒険者として活動しているのは、その半数くらいだ。

残りは、引退してギルドの役職に就くか、国にスカウトされて騎士になったり、色々らしい。

他にも実力はAランク相当というのが一つの強さの目安らしい。

「騎士や宮廷魔術師の中の一握りもAランク冒険者に匹敵する強さを持ち、イスチェア王国の騎士団長を務めるローランドもその一人だ」

そう考えると、国家最大の戦力が集中する王城でも十人から二十人くらいだろう。

「それで、そんなAランクになったばかりの私たちに用件は？」

「単刀直入に言おう。私に仕える気はないか？」

Aランク冒険者は、国家戦力にも匹敵するので、国家がスカウトするのも分からないでもない。

「断らせてもらうわ。私は、王族に対する忠誠心とかそういうのはないのよ」

ずけずけと遠慮のない私の言葉に、宰相も騎士団長も困ったような表情を浮かべる。

だが、そうしたさっぱりした私の返事が気に入っているのか、国王は笑う。

「あははっ、やはりそうか。ヴァイエル、ローランド。お主らの負けだな」

「はい。陛下のおっしゃる通りでございます」

どうやら宰相と騎士団長と賭けをしていたようだ。

私たちが王家に仕えるか、どうか。

まぁ結果は、仕えないに賭けた国王の勝ちらしい。

「そんなことで来たの？」

「そんなことではないぞ。国としては、良さそうな人材を確保するために一度は交渉せねばならんからな。本題は別だ」

一度言葉を句切った国王は、真っ直ぐにこちらを見つめてくる。

「Aランク冒険者に昇格したチセ殿とテト殿には、セレネの護衛として王家の墓に同行。そして、セレネのお披露目を兼ねた社交界にも密かな護衛として参加してもらいたい」

その言葉に、私は驚きで目を見開き、そして静かに尋ねる。

「何かあったの？」

「実は、悪魔教団の残党の動きがあるらしいのだ」

「……それってセレネのお母さんを襲ってた人なのです」

悪魔教団とは、悪魔を体に憑依させて能力を強化する外法を使う秘密結社らしい。

既に国王の命令により壊滅させられたと聞いていたが……

「私が教団の壊滅を指示したのだが、一部が地下に潜り、再びセレネを狙おうとしている。それに奴らの目的は、大悪魔の召喚と併せて、国王である私への復讐を狙っているはずだ」

「……お母さん」

不安そうにローブを掴むセレネの手に私の手を重ねて、安心させるように言葉を掛ける。

「大丈夫よ。セレネが心配することは何も無いわ。私が絶対に守るから」

「テトもお姉ちゃんとして、セレネを守るのです！」

私とテトが宥めれば、少しだけセレネの不安が和らぎ――

「それにセレネの晴れ姿を見られるから役得よね」

「もう、お母さん……」

ぷくっと頬を膨らませるセレネに私とテトも微笑みを浮かべ、その輪の中に入れない国王が羨ましそうな目で見つめてくる。

「ゴホン……それでは、護衛を受けてくれるのだな。チセ殿とテト殿には、10年以上前に孤児救済のための製薬と製紙事業を教会に授けた冒険者として、社交界への招待状を出そう。それにAランク冒険者ならば、社交界に参加する資格は十分にある」

咳払いした国王が社交界への招待理由を話す。

私たちが見世物のようにされるのは嫌であるが、セレネを守るために仕方が無い。

また、教会関係では既に枢機卿にも根回ししているらしい。

だが私は、セレネの母であると同時に冒険者でもある。

「それで秘密の護衛としての報酬は？」

一応Aランク冒険者に依頼を出すのだから、タダ働きというわけにはいかない。

「お主らに払う報酬としては、大金貨10枚だ。結果によっては、増額も行なおう。それと以前言っていた土地の所有権に関する契約も履行しよう」

Aランク冒険者の護衛依頼としては、妥当な額だろう。

墓参りと社交界の護衛依頼ではあるが、墓参りの方は、むしろ私たちとセレネの事情を考えた気遣いで本命は社交界の護衛だ。

それに、セレネの王族としてのお披露目が無事に終われば、【虚無の荒野】の所有が認められる。

そうして国王からのセレネ護衛の要請が終わり、セレネは、私とテトが護衛として側に居られることに嬉しそうにする。

「お母さんとテトお姉ちゃんのドレス姿、楽しみにしてるね！」

「あー、そうね……ドレス、考えておかないと……」

セレネのお披露目の社交界に参加するための準備を、色々としなければいけないことに気付いた。

まず、社交界には、いつもの三角帽子と黒いローブや杖は持ち込めない。

そうなると、社交界に相応しい服装を用意しなければならない。

「どうしよう……」

「魔女様は、何を着ても可愛いのです～」

「私じゃなくて、テトも着るのよ」

普段革鎧を着ているテトだが、社交界向けのドレスを用意しないといけない。

マナーに関しては、王都の教会でお世話になっている時、貴族出身のシスターから付け焼き刃であるが最低限のマナーを教えてもらった。

私もテトも社交界で黙っている分には問題は無いだろうし、冒険者ということで多少はお目こぼししてくれることを期待しよう。

「日常的なセレネの護衛は騎士たちが務めるために、チセ殿たちには、客人として王宮に留まってもらう。その際、ドレスを仕立てるための針子たちをこちらで手配しよう」

もちろん、ドレスやマナー講師の費用は、依頼の必要経費として払ってくれるそうだ。

国王の配慮に感謝しつつ、国王たちが帰った後、今日の反省会を行なった。

「それに、昇格試験の反省点も生かさないと……」

私が10万魔力を持った不老だと言っても、その魔力を十全に使えず、瞬間的な火力で結界を貫かれて負傷する可能性や、予想以上に魔力を消費する可能性があることに気付いた。

「社交界に持ち込める大容量の【魔晶石】のアクセサリーを用意しないと」

一日の反省をしつつも、これで大手を振ってセレネの護衛として傍に居られることをテトとセレネと一緒に喜ぶのだった。

SIDE：Bランク冒険者【肉断ち】のロック

「ああ、クソ！　イライラする」

【肉断ち】のロックと呼ばれる冒険者は、酒場で酒精の強い酒を呷りながら、悪態を吐く。

悪態の原因は、Aランク昇格試験で戦った二人の女冒険者だ。

一人は、テトとか言う頭の緩そうな女冒険者だ。

軽く捻れると思っていたロックは、互角の戦い……いや完全に力負けしていた。

元々が【身体剛化】とユニークスキルの合わせ技で大した鍛錬もせずにBランク冒険者まで来たために、何故負けたのか分からず酒場で管《くだ》を巻いている。

次に戦ったのは、子どものような魔法使いだ。

しかも、澄ました顔をして結界で攻撃を防ぎ、Dランク冒険者でも使えるような水魔法と風魔法を使って低体温症に追い込んだ。

ロック当人には、低体温症などの知識はなく、呪いなどの卑怯な手でも使ったのだと思い込み、気付けば気絶させられてわけも分からない内に昇格試験が終わっていた。

その結果ロックは、今年も昇格試験に落ち、更に年端もいかねぇ女子どもに負けた見かけ倒しだと言われて笑われる始末だ。

「ああ、苛つく、それに体が痒い。クソ！　酒だ！　酒！」

チセの魔法による凍傷で体に痒みを覚え、凍傷で変色した皮膚を掻き、更に酒に溺れる。

たとえ、酒に溺れようともBランク冒険者が暴れれば、一溜まりもないために店員は渋々と酒を出す。

「おや、あなたは随分荒れているようですね。【肉断ち】のロックさん」

「あっ？　俺様は今機嫌が悪いんだ。話しかけんな、おっさん」

紳士服に身を包み、胡散臭い笑みを浮かべる男性を一瞥したロックは、また酒を呷る。

だが、そんな彼に胡散臭い笑みを浮かべたまま紳士は話しかけてくる。

「あなたに依頼があるのですよ。ぜひとも、ご協力していただけませんか？」

「はっ、今はそんな気分じゃねぇんだよ」

「まぁまぁ、そう言わずに——『うるせぇ！　ぶっ殺すぞ！』——」

口が出るよりも先に拳を振り上げたロックだが、細身の体を持つ紳士は、胡散臭い笑みを浮かべたままその拳を軽く受け止める。

「なっ⁉」

「素晴らしい拳ですね。ですが、それでも負けた」

「チッ、てめぇ何が言いたい！　何者なんだ！」

「力、欲しくありませんか？　あなたを虚仮《こけ》にした二人を跪《ひざまず》かせる圧倒的な力……」

ニタッと粘着質な笑みを浮かべる紳士の不気味さに酒場の店員は怖じ気づき逃げたが、ロックは妙な魅力を感じていた。

「あなたが依頼を受ければ、欲しい物が手に入りますよ。——この圧倒的な力と復讐の機会が」

「おもしれぇ、話を聞かせろ」

そして、胡散臭い笑みを浮かべた紳士は、ロックを連れて夜の闇に消えたのだった。

28話【王家の墓参り】

秘密裏にセレネの護衛としての依頼を受けた私とテトは、客人として王宮に招待された。

そして、私たちのために呼ばれた服飾屋のデザイナーに相談してドレスを作って貰うことになったのだが――

「お母さんとテトお姉ちゃんと一緒にドレスを選べると思ったのに……」

「今回の社交界は、セレネが主役だからね」

一介の冒険者と王女のセレネが一緒にドレスを選ぶ、というのは一般的におかしいために、別々で決めることになった。

それにセレネと一緒にドレスを選んでくれるのは、この国の王妃様たち王族の女性だ。

「セレネ？　王妃様たちとドレスを選ぶのは、楽しくないの？」

「楽しいよ。それに王妃のアリア様やお兄様やお姉様たちは、私にとても良くしてくれるよ」

セレネの中の家族関係が変化しつつあり、戸惑いは多いだろうが、少しずつ互いに歩み寄っているようだ。

「一緒にドレスを選べないけど、私は当日のセレネの姿を楽しみにしているわ」

「セレネの晴れ姿が楽しみなのです！」

「うん！　よーし、頑張って選ぶね！」

そう言って、セレネとのひっそりとしたお茶会を終えて、私たちは私たちで服飾屋に相談してドレスを作って貰った。

「魔女様、可愛いのです」

「テトも、綺麗よ」

私は、薄緑色の落ち着いたデザインのドレスだ。

長い黒髪に合わせてアクセサリーは、銀で統一している。

対するテトは、小麦色の肌に合う紺色のドレスだ。

童顔でどこか子どもっぽいテトにしては、大人びた色合いとノースリーブのデザインが目を引く。

テトの肌色に合わせて金のアクセサリーも用意して貰って購入した。

「それじゃあ、行くわよ。——《エンチャント》！」

購入したドレスとアクセサリーに、【付与魔法】で様々な魔法効果を付与する。

私はドレスに防御性能を付与し、アクセサリーの宝石部分を大容量の【魔晶石】に入れ替える。

テトのドレスには防刃効果を付与し、用意した腕輪には、空間魔法を付与して小型のマジックバッ

グ化した。

普段使っているマジックバッグと違い収納容量は小さく、内部は通常通りの時間経過だが、いつでも私の杖やテトの魔剣を取り出せるようにしておく。

二人分の社交界用の衣装に付与魔法を掛けるのに、50万ほど魔力を消費した。

そして、一通りの社交界の準備が済み、セレネの母である聖女エリーゼ様の月命日——かねてより予定していた王家の墓所を国王と共に訪問することになった。


「皆の者、今日は頼むぞ」

威厳の籠った国王が先頭の馬車に乗り、セレネとセレネ付きの護衛である私とテトが後方の馬車に乗り、その周囲を馬に乗った騎士たちが囲むように護衛する。

そして、馬車が動き出し、王都郊外に建てられた王家の墓所に向かっていく。

「今からエリーゼお母様のお墓に行くんだね」

そうぽつりと呟くセレネは、馬車の窓から見える景色を眺めている。

一時間ほど馬車を走らせ、林に囲まれた道を進み、清潔感溢れる霊園に辿り着く。

地面の芝が綺麗に刈り揃えられており、身分の高い人々の墓が立ち並んでいる。

停止した馬車から私たちが降りて霊園を見回せば、神秘的な雰囲気と清浄な空気感を感じ取ることができた。

馬車から降りた国王とセレネは、従者から花束を受け取って、振り返っている。

「お前たちは、ここまででいい。ここから先は私とセレネ。そして、チセ殿たちだけで静かに墓参りをする」

「ですが……」

「墓所で騒がしくしたら、ここで眠っておられるご先祖方に悪い。それに、これだけ清浄な空間だ。悪魔憑き共の入り込む隙はありはしないだろう」

「わかりました。なにかありましたら、すぐに駆けつけます」

護衛の騎士の言葉に国王は、抑揚に頷く。

今日の護衛の騎士たちには、事前に私たちやセレネの事情を説明していたのか、素直に引き下がってくれた。

「お父様……このお墓全部が王家のお墓？」

「いや、手前の墓は、王都に住む貴族たちの墓が多い。我ら王族の墓所は、もう少し奥にあり、お前の母もそこで眠っている」

「ここにお母さん。ううん、お母様が……」

まだ言い慣れておらず言葉を言い直すセレネを、国王は愛おしそうに見つめている。

「今は他の者はいない、セレネの言いやすい言葉で構わない」

「う、うん……」

そんなセレネは頷き、渡された花束を握る手の力を強める。

そして、同じく花束を持った国王がセレネに付き添いながら進み、私たちもその後に続く。

「魔女様。ここは、凄く綺麗な場所なのです」

「そうね。多分、浄化の魔法が常に発動しているのかもしれないわね」

死者の肉体や感情は、容易に魔力の淀みと結び付いて不死の魔物や呪いなどが生まれる。

それを防ぐために、聖職者が魂を鎮め、淀みや穢れを浄化魔法などで定期的に払っているのだろう。

それに、これだけ清浄な空間ならば、墓を暴いて死者の体の一部を利用しようとする外法使いや悪魔憑きなどは、本能的に近づくことができないだろう。

「セレネ、こちらだ」

「はい」

国王と並んで歩くセレネの後ろ姿を見れば、既に私の身長を追い越していた。

少し前までは姉妹のように見られたが、そろそろ外見年齢が逆転することに、成長の喜びと自身が変わらぬ寂しさを覚える。

そして、国王が案内した先には、縦長の石棺のような墓があった。

墓には、セレネの母の名前が刻まれていることから、この墓の下にセレネの母が眠っているのだろう。

「ここにお母さんが……」

「当時は、悪魔教団がエリーゼの死体すら悪魔の依代として狙っていたからな。死体を利用されぬように火葬にしている。エリーゼが生きていたら、自分には立派過ぎる墓だと文句を言いそうだな」

ははっ、と自嘲気味に笑う国王に、私もテトもセレネも空気を読んで黙る。

「エリーゼよ。今日は、良い天気だな。そんなお前に、娘のセレネとセレネを託した者たちが会いに来たのだ」

「お母さん、こんにちは。今日は、良い天気だね」

国王が墓前に花束を置くとセレネもそれに倣い花束を置き、墓に声を掛ける。

「エリーゼ。もしかしたら、セレネがお前の遺髪を持っていたから知っているかも知れぬが、大きくなったのだ」

「お母さん、今日はね。チセお母さんとテトお姉ちゃんも一緒に来てくれたんだ。それからね……」

物心が付く前に亡くなった本当の母親の墓に向かって、明るい声で私やテトの事や【虚無の荒野】での生活について語り掛ける。

エリーゼ様の墓は、セレネの言葉を受け止めるように静けさを保っている。

一頻《しき》りしゃべり続けたセレネだが、途中で話す事が無くなり、黙ってしまう。

「セレネ、どうしたの？」

私がセレネの背中に向かって声を掛けると、振り返ったセレネが困ったような泣き顔をしている。

「やっぱり、私は悪い子だよ……」

「セレネは良い子よ。なんでそう思ったの？」

「そうなのです。セレネは、悪い子じゃないのです」

泣きそうなセレネは、ぶんぶんと首を左右に振って否定する。

「だって……お母さんのお墓を前にしてもピンと来ないんだもん」

他の人からエリーゼ様の話を聞いても、肖像画で姿を見ても、母の遺髪や残してくれた指輪を見ても母親の実感が湧かないそうだ。

そして、寂しそうにセレネが呟く。

「一度でも良いからお母さんと話がしたかった」

「……そうだな。私もエリーゼにもう一度、会って話がしたい」

そんなセレネの言葉に同意するように国王も呟く中、私は墓に向かって一歩踏み出す。

「セレネ、本当のお母さんに会ってみたい？」

「えっ？」

「死んだ人は蘇らせることはできないけど、ほんの少しだけ話すことができるわ」

私は、マジックバッグから幽霊水晶の魔導具とセレネの母の遺髪を取り出す。

「お前は、何をするのだ。それにその道具はなんだ？」

「【残魂の水晶】という死者との交信に使う魔導具よ。これを使えば、セレネの母親と少しだけ会話できるわ」

「そんなことが本当に……いや、そんな都合がいい物をどこで……」

「これも【転移門】と同じ【虚無の荒野】で発見した魔導具よ」

本当は【創造魔法】で創り上げた魔導具であるが、そう言えば国王は納得しながらも、都合が良すぎると疑るような目を向けてくる。

セレネが自分の本当の母親に会いたい、と言い出す日が来ると思い、随分前に創っておいたのだ。

まぁ、死者と話ができると言っても正確には、死体や遺品に残る魔力を集めて、一時的に生前の姿を投影するのがこの魔導具の原理である。

「触媒としての遺髪に残る魔力だけじゃ使えなかったけど、お墓って場所と環境ならもしかしたら少しだけ会話できるかもしれない」

「会いたい！　会って聞きたいことがある！」

「……私もエリーゼに言えなかったことを言いたい。頼めるか」

「ええ、任せて」

お墓の前をセレネと国王に譲られた私は、墓の前に【残魂の水晶】を置き、更にその前に遺髪を置く。

「この場に残りし聖女の思念よ。今、幽霊水晶の下に集いて、一時の姿を得よ――《コーリング》！」

魔導具の起動のための呪文を唱え、更に【残魂の水晶】に魔力を籠める。

幽霊水晶への魔力の籠め具合によって、対象の姿が維持できる時間が変化するために、なるべく多くの魔力を注いでいく。

そして、白い輝きを放ち始める幽霊水晶が墓石や遺髪から濃緑色の魔力を吸い集めて、セレネの母の霊体が現れる。

『んっ……ここは、私は確か死んだはずよね』

墓の上で目覚めたセレネの母は、半透明な自身の体を見て、目の前にいる私たちを見下ろし不思議そうに小首を傾げる。

私は、そんなセレネの母から距離を取り、入れ替わるように歩み寄る国王が呟く。

「エリーゼ……エリーゼ！」

浮かぶ体の高さを少しだけ下げたセレネの母を国王が抱き締めようとするが、その体をすり抜けてしまう。

『アルバード様？　私は、どうやら先に死んでしまったみたいです。ごめんなさい』

悲しそうに目を伏せるセレネの母に国王が涙を湛えながら声を張る。

「そんなことはない。むしろ、お前を守れなかった私を責めてくれ！」

『そんなことしませんわ、愛していますよ。それでセレネはどこですか？　私の大事な子はどうなったんですか？』

霊体となって存在する状況を理解し、生前の記憶を少しずつ思い出し始めたセレネの母は、セレネを探す。

そして、自身と似た髪色の少女を見つけて、目を見開く。

「おかあ、さん？」

『……セレネ？　セレネリールなの？　ああ、こんなに大きくなって！』

亡くなる瞬間には赤ん坊だった子が、霊体として目覚めた時には11歳の少女になっていたのだ。

そして、自分の娘であることに気付いたセレネの母がセレネに手を伸ばすが、国王と同様に触れ合えずにすり抜ける。

『セレネ、良かった、無事で。大事なセレネ……』

「そこのチセ殿とテト殿たちが守り育ててくれたのだ」

『ありがとう、セレネを守ってくれて。そして、立派に育った姿をもう一度見せてくれて、ありがとう』

触れ合えないと分かったセレネの母は、それでも抱き締めるようにセレネの体に腕を回し、頭を撫でるような仕草をする。

そして、国王が私たちの事を紹介すると、セレネの母の霊体は嬉しそうに目を細めている。

『でも、不思議ねぇ。私が最期にセレネを託したあなたたちの姿は変わらないのに、セレネは大きくなって、アルバード様も渋くて素敵になっているわ。夢を見ているみたい』

事実、セレネの母の霊体は、儚い夢のような存在だ。

私が【残魂の水晶】に籠めた魔力でセレネの母の霊体を維持しているが、死後10年以上経っているために、それほど長く存在し続けられない。

「お母さん⁉　体が！」

『あら……』

再会したばかりで話したいことが沢山あるのだろう。

だが、魔導具で呼び出したセレネの母の霊体には、長く言葉を交わすだけの時間が残されていなかったようだ。

『セレネ、大きくなったわね。私は、そろそろ冥府神・ロリエル様の許に行かなければいけないみたいね』

「そんな！　もっとお母さんと話がしたいのに！」

縋るセレネを愛おしげに見つめる。

『ありがとう。でも、私はもうこの世の存在じゃないから消えなくてはね。王妃のアリア様は、きっとセレネと仲良くして下さるわ。アルバード様、どうか他の妃の方々と共にセレネをよろしくお願いします』

「ああ、任せろ！　アリアたち三人の妃や他の子どもたちもセレネを気に掛けてくれている！」

涙を流しながら明るい笑顔で言う国王に、セレネの母は可笑しそうに笑い、セレネも笑顔で見送ろうとそれに便乗する。

「お母さん！　この前、アリア様たちと社交界のドレスを選んだの！　見せてあげたかった！」

『ああ、セレネのドレス姿を見たかったわ。そして、アルバード様は、私が亡くなった後にも妃を一人お迎えしたのね。相変わらず、恋多き人ね』

そして最後に――

『セレネ、アルバード様――愛していますよ。これまでも。そして、これからも……』

空気に溶けるようにしてセレネの母の霊体が消え、風に吹かれるようにして魔力の残滓が広がり流されていく。

後には墓所の静けさが残る中、セレネは背筋を伸ばして空中を見つめ、国王は静かに涙を流す。

「……セレネ、もっとお話しさせてあげたかったけど、ごめんね。少ししか姿を見せられなくて」

「テトもセレネのことを色々伝えたかったのです」

私とテトがセレネを後ろから抱き締めながらそう声を掛けるが、セレネは微笑みを浮かべながら首を振る。

「ううん。お母さんに聞きたいことを聞けたよ。だから、大丈夫」

セレネが聞きたいこと――最後にセレネの母が残した言葉は、幾千の言葉を交わすよりも確かな愛情が籠り、セレネと国王の心に宿ったのだと思う。

そして、涙を拭《ぬぐ》い平時の姿に戻った国王は、セレネと私たちを連れて、護衛たちが待つ馬車に戻る。

その時の二人の後ろ姿は、墓参りする時よりも一回りも大きくなったように見えた。

こうして、セレネのお墓参りが終わったのだった。

29話【セレネリール王女のお披露目】

セレネのお披露目の社交界までの間、私は国王の計らいで王宮の書庫に入り浸らせてもらい、テトの方は王宮の騎士たちの訓練に参加した。

騎士たちの訓練でテトは、国王と一緒にいた騎士団長のローランドさんと高度な演武を繰り広げ、他の騎士たちから一目置かれるようになった。

私の方は、王宮の書庫に入り浸る宮廷魔術師のお爺ちゃんと魔法談義をして過ごした。

私のことを孫みたいに扱って、お茶とお菓子を持ってきてくれるのは少し恥ずかしいが、魔力が多くて長命な宮廷魔術師の経験談は面白かった。

「悪魔とは、精霊と同じ魔力生命体の一種なんじゃよ」

「そうなんですね。精霊は司る物の力を発揮しますけど、悪魔は何を司っているんですか？」

「それは千差万別じゃな。精霊が大自然の魔力から生まれるなら、悪魔は人の世に生まれるものが基になる」

人の善なる感情が集まったり、神々に見初められた人の魂が、死後に英霊や天使などになると言われている。

対して、悪人の魂や良くない感情が集まって悪魔になると言われている。

「専門的な話だともっと難しいが、大雑把に言うとそんな感じじゃな。そして、【悪魔憑き】とは、人間に悪魔が宿った状態のことじゃ」

「それが外法って呼ばれるのはどうしてですか？　同じ魔力生命体の精霊を扱う精霊魔法とは何が違うんですか？」

「根本から違うのぅ。悪魔が宿った人間は、本人の魔力に悪魔の魔力が上乗せされて急激に強くなる。じゃが、その悪魔の意志――悪意によって、本人の意志が侵食されて、ねじ曲げられ、最終的には悪魔に意志を乗っ取られてしまうんじゃ」

【悪魔憑き】は、悪魔との同化現象である。

最初は、悪魔の魔力の一部を宿して自我を保つが、悪魔の誘惑により更に悪魔の魔力を求めれば、悪魔の魔力の大きさに人間の自我が呑み込まれてしまうそうだ。

対して精霊魔法は、精霊に魔力を譲渡して現象を引き起こしたり、精霊を体に憑依させて自身を強化できるが、精霊の主体は司る物にあるので任意で解除することができるそうだ。

「悪魔は人の心から生まれたからこそ、容易に人の心に巣くうことができるのじゃ。そうして、悪魔の魔力に侵食された人間は、最終的に悪魔に意識を乗っ取られて肉体が変異する。これが世に言う魔族としての悪魔じゃ」

「なるほど……勉強になります」

テトは、ゴーレムと自我を失った精霊との同化で誕生した新種族であるために、魔族的な定義に近い。

お爺ちゃん魔法使いの話は、実践的な魔法使いと言うよりも研究者としての話が多いために、非常に面白かった。

「ワシも150歳を越えて、こうして若い子と話をすることができて嬉しいぞ。ほれ、飴ちゃんをやろう」

「ありがとうございます。それと結構長生きなんですね」

「長く生きすぎた。50、60くらいでコロッと逝きたかったわい」

そんな風に笑う宮廷魔術師のお爺ちゃん。

異世界の医療は、回復魔法やポーションに頼っているが、それでもこの世界の平均寿命は50前後だ。

魔力が多い人は、それより長くても70歳前後。

魔法使いや冒険者など、魔力を活性化させた人は、80歳から100歳くらいまで生きる。

そんな魔力と寿命の相関関係についての研究の話も聞くことができた。

「実はの。ワシの研究では、人間には二種類の寿命の延び方の者がおるんじゃ」

「二種類？」

「そうじゃ。人間の最盛期を維持しようとする寿命の延び方と一定まで魔力を伸ばすとそこで成長が止まってしまう人間じゃ」

魔力が多いほど寿命は延びるが、成長を続けるセレネが前者であり、全然成長しない私は後者ではないだろうかと思い、尋ねる。

「なんで、そこで成長が止まる人がいるんですか？」

「それは分からん。なにより、人間の大部分は前者だが、極一部。原初の世界で神々が生み出した人間がそうした性質を持っていると言われておる。具体的には、エルフの中のハイエルフやドワーフの中のエルダードワーフなどじゃな」

人間や獣人、竜人は？　と尋ねれば、それらの種族の歴史には闘争が多いために、幾ら寿命が長かろうと殺せば死ぬために数が減ったか、闘争を恐れて逃げ隠れているかだろう、とお爺さんは寂しそうに呟く。

「老いず、ある一定の年齢で停滞した者は、賢者と呼ばれ崇められたり、時に魔女と言われて迫害されたりもした。中には、【悪魔憑き】と混同された者もおるじゃろうな」

「そうですか……」

「魔力による長命因子は誰の中にもあるが、不老因子は原初から連綿と続き、現在ではごく稀に持っている人がいる、という説をワシは推したいの」

「素晴らしい話をありがとうございます」

「ふぉふぉふぉっ、いいんじゃよ。お嬢さん」

神々が生み出した人間――女神・リリエルに転生させられたのだから、原初の人間ってやつに近い性質なんだろう。

いよいよ、永遠の幼女が確定したのか、と思い、もしそうなら諦めが付きそうだ。

そんな感じで宮廷魔術師のお爺ちゃんの面白い魔法談義を聞いて過ごし、社交界の当日がやってきた――

「魔女様～、あっちにご飯があるのです！　美味しそうなのです！」

「テト、食べてきて良いわよ」

社交界では、社交ダンスもできないので、とりあえず壁際か料理のある場所に立って始まるのを待つ。

テトは、料理を山盛りにして食べている姿に他の人たちから眉を顰められ、私としては苦笑を浮かべるが、周囲の警戒は怠らない。

そんな風に開始するまで待っていると、チラチラとこちらに向けられる視線を感じる。

（なにかしら？　私の格好は可笑しい？）

自分の姿を確かめるように見下ろすが、特におかしい点はない。

貴族御用達の服飾屋に頼んだドレスだ。

【付与魔法】で様々な効果を与えているが、当たり障りのない落ち着いたデザインのはずなのだが、注目を浴びる理由が分からない。

「あまり、周囲の視線を気にしても仕方がないわね。警戒しないと……」

悪魔教団が襲撃してくる可能性があるために、感覚を研ぎ澄ませるが、王城のホールに集まる人々からある傾向を見出す。

「へぇ、魔力が多い人が多いわね」

血統的なものだろうか。

武功を上げる人は、必然的に【身体強化】や魔法などに優れ、それを支える魔力も多い。

平民に比べれば、感じ取れる魔力量が平均的に高く感じる。

生まれながらに魔力が多いのか、貴族として魔法教育が行なわれているかなのだろう。

そんな中で、一人だけ不自然な人物を見つけた。

高位の貴族らしい紳士服を身に纏った顔色の悪い男性が目に留まる。

平均的に魔力量が高い貴族の中で、その人物の魔力量が低く……いや、ほぼ感じなかった。

私のように高い【魔力制御】スキルで魔力を隠している魔法使いと言った雰囲気ではなく、右手首にある金の腕輪の魔導具で魔力を隠蔽しているようだ。

何らかのユニークスキルを持ち、それを暴走させないために魔力を隠蔽・もしくは抑え込んでいる可能性がある。

だが、護衛として国王に招待される貴族のプロフィールを見させてもらったが、そのような危険なスキルを持つ人物がいた記憶がない。

そうなると、逆に怪しい人物ということになる。

とりあえず、近くに控えている国王との連絡要員の使用人にこのことを伝えようとすると、一人の少年が話しかけてくる。

「は、初めまして。僕は、フラメア伯爵家の次男のオランドです。君は、どこの家の子かな？　初めて見るけど、デビュタントなのかな？」

そう捲し立てられて、私は困惑する。

見た目だけなら12歳の少女の私を見て、どこの貴族の娘か疑問に思われたようだ。

よくよく観察すれば、セレネと近い年代の少年少女たちが多く集まっており、セレネの将来の婚約者候補か、友人候補なのだろう。

そして、そうした子たちに間違えられたのか――

「私は、五大神教会の方から来たチセと言います。生憎、家名というのは持ち合わせていないのです」

「教会……そうですか」

今回の社交界の出席にあたって、どこから来たのか尋ねられた時の方便として、枢機卿が用意してくれた台詞だ。

教会の方からと言うのは、教会に入信して家名を捨てた人が使う方便であるが、今回は使わせてもらっている。

まぁ教会に入ったシスターも、必要なら俗世に戻ることも家名を名乗ることも許されているので古い時代の名残というやつなんだろう。

「それにしても、とても綺麗な髪と目をしていますね。まるで、黒曜石のように美しいです」

「そう？　口が上手いのね」

社交界の常套句だろうか。

普段は、三角帽子を目深に被っているために、髪や目を褒められたことがないので、なんともむず痒く、微笑を浮かべてしまう。

少年には悪いが、私は怪しい男性貴族のことを伝えに行きたいのだ。

そうして、私がお世辞だと思っていると少年はやや落胆したようだが、気を取り直してまだ話し掛けてくる。

「どうです？　あちらの方で、もう少しお話でも」

「申し訳ないけど、遠慮するわ。私のことは、どうぞお構いなく」

「そんなことを言わずに、壁の花になるのは勿体ないですよ」

そう言って、私を連れ出そうとするが、軽く横から魔力による威圧が放たれる。

「なにをしているのですか？」

笑顔で山盛りの料理が載ったお皿を持ったテトが、少年を軽く魔力で威圧している。

「す、すみませんでした！」

少年よりも年上のテトに睨まれて、慌てたように離れる。

「テト、ありがとう……」

テトが戻ってきたことで、私に対する少年少女たちの視線が和らいだ気がする。

「むぅ……」

「テト、どうしたの？　料理は、美味しくなかった？」

「美味しかったのです。けど、魔女様に変な視線を向ける人たちが多いのです」

「変な……？」

あんまり自分の容姿は気にしていないが、少年たちの注目を集めてしまったらしい。

ただ、初心《うぶ》な少年にテトの魔力威圧を浴びせてしまったのは、申し訳ないと思う。

「魔女様は、自覚するのです。可愛くて、綺麗なのです」

「そう、かしら？　それは、テトの方じゃない？」

テトが近づいたことで、私への少年たちの視線は和らいだ。

だが、代わりにテトの年齢に近い貴族の子息たちからの熱い視線が注がれている。

健康的な小麦色の肌と童顔巨乳の美少女のテトは、色合いの物珍しさもあって、かなり熱烈な視線を浴びている。

そして、やはり自分が美少女という実感がないので、テトも小首を傾げる。

貴族の少年に阻まれたが、私は国王との連絡要員の使用人に先ほどの怪しい人物とその特徴を伝える。

しかし、彼は既にこの会場から居なくなっていた。

『ご協力感謝します。直ちに捜します』

連絡要員の使用人たちが、何人か慌ただしく動き始めたが、私は会場を警戒しつつ、パーティーが始まるのを待つ。

『――国王陛下、セレネリール王女殿下、ご入来！』

いよいよ今日の主役であるセレネが入場してくる。

いつもは、【虚無の荒野】の自宅では私たちに甘えてくるセレネだが、王宮での教育からか背筋を伸ばして、美しいドレスを身に纏い、微笑みを浮かべて歩いている。

赤ん坊の頃から成長を見守り、今では私よりも背が大きくなったセレネに感動して涙が零れそうになる。

「今宵は、良き日になろう。行方不明だった我が娘・セレネリールが戻ってきたのだ！　痛ましい事件から逃れたセレネリールは、教会でも優秀な聖女に託され、守り育てられた！　セレネリールの帰還を祝して、今日は盛大に飲み明かそうではないか！」

『『『――乾杯！』』』

国王が音頭を取り、社交界が始まる。

セレネは、国王と共に挨拶に来るパーティーの参加者たちに微笑みを浮かべて対応している。

「本当に、どこに出しても恥ずかしくない立派な子に成長したわねぇ」

「そうなのです。でも、大変そうなのです。こんな美味しい物を食べる機会がないなんて」

お皿山盛りのパーティーの料理を食べるテトの様子に、私は苦笑を浮かべる。

そして、何人もの貴族たちの挨拶を受けていき、一通りの挨拶が終わる頃、それは起きた。

30話【悪魔教団残党】

「避難を！　賊が来ました！　【悪魔憑き】らしき賊です！」

王城に勤める近衛兵が社交場に現れ、声を上げる。

遠くから剣戟音や魔法が放たれた爆発音が響き、王宮の壁や廊下が揺れて、徐々に破壊音が近づいてくる。

すぐに貴族たちは避難誘導され、国王やセレネたち王族の周りにも精鋭の近衛騎士や宮廷魔術師たちが現れる。

「全く、うちの娘の晴れ舞台を本当にぶち壊して……」

悪魔教団め、絶対に許さん、と内心思っている。

「やつら、どこから現れたのだ！」

「どうやら、王宮に招待された貴族が手引きしたようです！」

「貴族の中に入り込んだ悪魔教団を潰したのに、まだ残っていたのか！」

悔しげに歯噛みする国王と怯えるセレネ。

そうして現れたのは、三人の男たちだった。

「これはこれは、国王陛下。ご機嫌麗しゅう」

「レヴィン卿！　貴様が手引きしたのか！　なぜだ！　それにその姿は何なのだ！」

国王が問うのは、先ほど会場で見た紳士服を身に纏っている怪しい貴族男性である。

だが、その顔色は先ほどより更に悪く、頭部から角のようなものが生えている。

魔力を抑えていた金の腕輪は外されており、あれで【悪魔憑き】を隠していたようだ。

「いえ、なに。私たちジニウス侯爵家は、長く権力闘争に明け暮れ、上を目指しておりました。いずれは公爵。いえ、摂政となり国を掌握したいと――」

ですがね、と前置きして、ニチャッと悪意のある笑みを浮かべる。

「気付いてしまったのですよ。公爵も摂政の地位も小さいと！　私は、王になると！」

「故に、此度の手引き。いや、反逆か！」

「ええっ！　悪魔の力さえあれば、王を殺害し、その後武力によって掌握できると感じたのです！」

「これこれ、王族はワシに譲ってくれる約束であろう」

レヴィン卿と呼ばれた男を止めたのは、枯れ枝のような細い手足と落ちくぼんだ目、折れ曲がった腰の老人だ。

黒い聖職者の衣服を身に纏い、悪趣味な金のドクロのネックレスを下げる老人は、見た目よりも禍々しい魔力を感じる。

「王族の尊い血！　聖女の清らかな肉を生け贄に、大悪魔の魔力を我が身に宿すのじゃ！　10年の苦渋の日々も崇拝する悪魔たちが与えた試練じゃ！　復讐を完遂し、その甘美な喜び！　そして、悪魔の膨大な魔力を宿した暁には、ワシは不老不死を手に入れるのじゃ！」

既に身に宿した悪魔による精神侵食が末期まで進んでおり、不老不死の妄執と大悪魔の召喚という悪魔の目的が混在しているようだ。

魔力量から言っても三人の中で一番大きいということは、幾つもの悪魔の魔力を取り込んでいるのかも知れない。

そして最後に――

「がははははっ！　力だ！　力が溢れてくる！　さぁ、小娘共！　今度こそ、俺がぶち殺してやる！」

「あなたは……誰？」

「こんな人と知り合いじゃないのです」

「お母さん、この人。昇格試験の時に居た人だよ……」

セレネのか細い声に、よくよく見ると、粗暴で乱暴な言葉遣いが印象に残るAランク昇格試験にいた冒険者だと思い出す。

「【肉切り】のニック？」

「【肉断ち】のロックだ！　テメェらに屈辱的に負けたのは、力が足りねぇからだ！　だから、ジジィたちから貰った悪魔の力ってやつで俺様は強くなった！」

強くなったと言う通り、以前よりも体が一回りほど大きくなり、肌の色も日焼けしたように黒くなっている。

ただ、その方法が【悪魔憑き】とは――

「安直な方法で強くなったって、リスクが大きいだけじゃない？」

「ふん！　悪魔に精神を乗っ取られるだぁ!?　俺様は、そんなに軟弱じゃねぇのさ！　さぁ、殺し合おうぜ！　なぁぁっ！」

既に、自分の意志での復讐なのか、破壊衝動で襲ってきているのかの判別が付いていないのかもしれない。

「テト。脳筋男は任せたわ。けど――」

「分かってるのです！　セレネには、指一本触れさせないのです！」

テトは、マジックバッグ化した腕輪から魔剣を取り出し、【悪魔憑き】となった上位冒険者のロックに斬り掛かる。

そして、国王の方は、騎士たちが悪魔侯爵を相手取って守っている。

元々強くはなかったのだろうが、魔力が多い素質を持つ高位貴族と悪魔の魔力が合わさって、近衛兵たちとも十分に戦える。

そして、一番厄介そうな教祖の老人は、セレネに舐めるような視線を向けているので――

「――《ピュリフィケーション》！」

腕輪のマジックバッグから取り出した杖を構えて、一番厄介そうな悪魔教団の教祖に向かって、全力の【浄化】の魔法を使う。

呪いの装備が纏う魔力や【悪魔憑き】が取り込んだ魔力も結局は、負の要素を含んだ濃密な魔力だ。

それに対抗するには、対象の魔力を分解する浄化魔法の《ピュリフィケーション》が有効である。

『ぎ、ぎゃぁぁぁぁぁぁっ！　ワシの不老不死の夢がぁぁぁぁぁっ！』

厄介そうな相手に極大の浄化の光を浴びせていく。

長年【悪魔憑き】をやっていて、魔力どころか体の大部分が禍々しい魔力に汚染されていたのか、浄化の光が体を燃やし尽くし、後には小さく積もった灰と悪趣味なドクロのネックレスだけが残る。

「お母さん……すごくあっさりしすぎじゃない？」

「いいのよ。セレネを狙う化け物変態ジジイの相手なんて、マトモにしてられないわよ」

目測で推定魔力量5万は超えていた。

図書館で会った宮廷魔術師のお爺ちゃんでも魔力量2万から3万なので、かなりの魔力量を誇っている。

事実、大悪魔の魔力を引き出して更に魔力量を増やせば、余計に厄介になっていたかもしれないので、速攻でけりを付けた。

「なっ⁉　馬鹿な！　あの教祖様が⁉」

「おいおい、ジジィはくたばっちまったのか、ハハッ！」

【悪魔憑き】の侯爵は、親玉である教祖が消えたことで動揺し、Bランク冒険者はテトとの攻防を続けている。

「それじゃあ、悪魔侯爵の方もさっさと終えましょう」

「ぐっ……くらえっ！」

闇魔法なのか、周囲に影を生み出す攻撃で襲ってくるが、私が《ピュリフィケーション》の浄化の波動を広げると払われていく。

「教祖様の意志は私が継ぎ、大悪魔は私が降ろそう！　そして、私が王になる！」

闇魔法は私や護衛たちの目眩ましのためであり、燃え尽きた教祖の灰の中からネックレスを拾い上げた悪魔侯爵がセレネの背後に回り、鋭利な手刀でその体を貫こうとするが――

「なっ⁉　ぎゃぁぁぁぁっ！」

「うちの大事な娘に手を出されるって分かってるんだから、準備くらい整えているわよ」

国王にも事前に相談してセレネのドレスや装飾品は、国宝級も真っ青な【付与魔法】による防御効果でガッチリと防御を固めて、更に襲撃直後から私の結界でセレネを守っていた。

そして、そんな多重の結界の幾枚かは破ったものの、勢いが落ちて腕が伸びきった所で、風刃の魔法が腕を切り飛ばす。

「き、きさまぁぁぁっ！　この国の王となる私に盾突くのか！　殺してやる！　殺してやるぞぉぉぉっ！」

「安心しなさい。ここで死ぬか、反逆罪で処刑されるかのどちらかよ。――《ピュリフィケーション》！」

『ぎゃぁぁぁぁぁっ！』

同化した悪魔の魔力を浄化していけば、体を掻き毟るように苦しみ始める。

そして、悪かった顔色が多少マシになり、変異していた角が崩れ落ちる。

【鑑定】の魔法で相手のステータスを確認すれば、【悪魔憑き】に由来するスキルなどが消滅して弱体化していた。

だが、人間から魔族への変異は不可逆的なのか、種族は悪魔族のままである。

「さて、テトの方は――」

「がぁぁぁぁぁっ！　腕が！　俺の腕がぁぁぁっ！」

「前より弱くなってるのです。出直してくるのです！」

悪魔の魔力とユニークスキルで圧倒的な攻撃力を手に入れたようだが、その分動きが単調になっていたようだ。

テトは、持てる技術で攻撃を捌いていたが、技術的に何も得られないと判断して、早々に両腕を斬り落としていた。

「うへっ……なんか、腕からべちゃっとしたのが出ているのです」

「終われるかぁぁぁ！　こんなところで終わる俺様じゃねぇ！」

血の代わりに、腕の断面から溢れ出すのは、悪魔の魔力だろうか。

黒々とした粘性のある魔力が溢れており、それが失った手の代わりを形作ろうとするが――

「終わりよ。――《ピュリフィケーション》！」

『ぐわぁぁぁぁぁっ！』

実体化した魔力の腕が浄化によって消え、憑いていた悪魔の魔力も払われて、痛覚などが戻ってきたようだ。

悪魔侯爵や教祖に比べれば、【悪魔憑き】になった期間が短いのか、人間としての感覚は幾分か正常なんだろう。

「兵よ。そやつらを確保するのだ」

国王が指示を出し、悪魔侯爵と両腕を無くした冒険者を捕縛しようと動く。

悪魔教団残党の襲撃は終わった、と一息ついた瞬間、悪魔侯爵が拾い上げたドクロのネックレスから膨大な魔力を感じる。

「待ちなさい！　――《バリア》！」

駆け寄る衛兵たちを守るように結界を張った直後、ドクロのネックレスから瘴気と呼べるほどに澱んだ禍々しい魔力が溢れ出す。

「な、なんだ！　止めろ！　私に近づくな！」

「ああっ、力が、俺様の力がドンドンと、吸われていく！　奪われていく！」

そして、その瘴気が、生き残った悪魔侯爵と冒険者の体に纏わり付き、魔力だけでなく生命力まで吸収し始めると、二人の体が急激に干からびていく。

テトがセレネに見せないように手で目隠しする中、私と国王たちは実体化を始める禍々しい魔力に警戒を強める。

31話【大悪魔の降臨】

『せっかく我が眷属を憑かせたのに、満足に生け贄も用意できないとはな』

現れたのは、赤い紋様を宿した黒い人型だ。

手足は鋭利な形をしており、捻れた角を頭部から生やし、コウモリのような翼と細長い返しの付いた尻尾を持っている。

「悪魔教団が言っていた大悪魔かしら」

『その通りだ！　我は、大悪魔――アークデーモンなるぞ！』

「アークデーモンだとっ⁉」

国王が驚いている大悪魔とは、魔力生命体の中でも実体を保ち、かつて一国すら滅ぼした、もしくは滅ぼしかねないほどに恐ろしい存在だ。

討伐ランクで言えば、A^{+}もしくはSランクと言えるような化け物である。

「大悪魔って言うけど、名前なしなのは、イマイチ威厳がないわね」

『……小娘、貴様。我の恐ろしさを分かっておらんようだな！』

禍々しい魔力の波動を送り込んでくるが、私は、それを結界で防ぐ。

大悪魔の魔力量は、【悪魔憑き】になった教祖、悪魔侯爵、冒険者の合算ってところだろう。

悪趣味な金色のネックレスに大悪魔の自我を保持しており、そこから【悪魔憑き】たちの思考を密かに誘導していたのかもしれない。

そんな顕現した大悪魔の魔力量は、おおよそ10万と私に匹敵する。

『ふん、完全な顕現ではないからこの程度の力しか出せぬか。まぁ、そこの清らかな乙女を生け贄に本来の力を地上に降ろすとしよう』

「テト、適度にやって魔力を減らして。その間に準備するから」

「はいなのです！」

テトは、大悪魔に向かって駆け出し、魔剣を振りかぶる。

テトの重い一撃を腕で受け止めた大悪魔は、反対の腕で反撃しようとする。

だが、テトが素早く避けて、今度は別の角度から攻撃を仕掛けていく。

【身体剛化】の衝撃と魔剣に込めた魔力が悪魔の魔力を相殺していき、少しずつ大悪魔の魔力量が減っているのを感じる。

「さてと、悪魔退治のコツは――《ホーリー・ショット》！」

後方に控える私は、杖を構えて光球を放つ。

不浄な存在に対して、浄化の波動を込めた魔法弾が数十発と放たれ、それに触れた大悪魔の体から煙が噴き出す。

『ぐおぉぉぉぉっ、おのれぇぇっ、人間風情がぁぁぁぁっ！』

「魔力生命体の実体化は、魔力の合計値が体力みたいなものなのよね」

テトのステータスには、体力と魔力ではなく、両方に共通する魔石の魔力量が現れていた。

それと同じように、大悪魔も膨大な魔力が体力でもあり魔力でもある。

更に本来は、生け贄を使って召喚されるはずが、不完全な顕現により想定より実力が出ていないのだろう。

完全な実体化なら、魔力量は今の5倍から10倍は跳ね上がって、手に負えなかったかもしれない。

『ぐおぉぉぉっ、我が、我が押されているのかぁぁっ！』

「す、すごい……これがチセお母さんとテトお姉ちゃんの実力」

見るからに恐ろしい大悪魔が押されていることに、セレネも国王も衛兵たちも驚きの表情を浮かべている。

『我が魔力が消える！　体が保てぬ！　だが、我は、悪魔だ！　我はいつか再びこの現世に舞い戻り、貴様らに復讐してやるぞぉぉぉっ！　フハハハハハッ――――！』

私とテトの攻撃で実体化を維持できなくなった大悪魔は、そう高笑いをする。

魔力生命体は、例外を除けば不滅に近い存在だ。

この世に顕現した肉体が消えても、悪魔たちのいる次元に戻るだけだろう。

下級の悪魔には自我はないが、上位の大悪魔は自我を持ち、言葉通りに復讐を狙ってくるだろう。

ただ、この大悪魔が現実への干渉力を取り戻す頃には、国王やセレネはもう亡くなっており、セレネの子孫たち、無関係な国民に大悪魔の脅威がやってくるかもしれない。

「そんなことさせるわけないでしょ。――《クリエイション》！」

「なっ⁉　その魔法は……」

国王が私の魔法の発動を驚愕の表情で見つめる中、膨大な魔力が一つの宝玉の形を取り、【創造魔法】が完成する。

「――【封印の宝玉】よ！　大悪魔を封じなさい！」

『な、なんだ、それは！　ぐ、ぐおぉぉぉぉぉぉっ！　引っ張られるぅぅぅっ！』

私は、【創造魔法】により胸元のネックレスに埋め込んだ【魔晶石】の魔力を利用して、大悪魔を封じる宝玉を創り出し、そして逃亡しようとする大悪魔を宝玉に封印する。

水晶のように透明な球は、悪魔が宿り赤い光を灯している。

そして、辺りに静寂が戻り、私はその場に座り込む。

「ふぅ、終わった～。疲れた～」

「お母さん！」

「わっと……セレネ。よしよし、怖かったけど、良く頑張ったね」

私は、【封印の宝玉】を抱えながら、抱き付いてくるセレネを優しく撫でる。

「魔女様～。テトも褒めて欲しいのです」

「はいはい、テトもよく大悪魔を押さえてくれたわね。ありがとう」

「ふへへっ、魔女様に褒められたのです～」

先程まで恐ろしい存在が居たというのに、このような緩い雰囲気に近衛兵たちが困惑し、続けて増援に駆け付けた近衛兵も戦うべき敵が居なくなり、困惑している。

「陛下。賊はどうなりました？」

「もうよい」

「はぁ？」

「もう賊は討伐された。厳重に警戒態勢を維持しつつ、レヴィン卿の邸宅に兵を送れ！　こたびの襲撃を手引きしたレヴィン卿と悪魔教団の証拠を集め、今度こそ殲滅するのだ！」

賊の悪魔教団の残党も大悪魔も居なくなり、全て終わり落ち着いた。

「チセ殿。先程の悪魔は、その宝玉の中か？」

「ええ、とりあえずは封印したわ」

国王に尋ねられた私は、そう答える。

精霊や悪魔などの魔力生命体を捕獲する魔導具は古くから存在するために、持っていてもおかしくないはずだ。

だが、何かを聞きたそうな表情をするが、一度頭を振って別のことを尋ねてくる。

「それで、その宝玉はどうするのだ？」

「私の方で、ちゃんと管理するから気にしないで」

「……わかった。頼むぞ」

まだ納得し切れていない国王は、ただそれだけ呟くとその場から去って行く。

そして、私とテトとセレネは、セレネの離宮に移動して、セレネが離宮の寝室で眠りに就いたのを確認すると、【封印の宝玉】を持った私とテトは【転移門】で【虚無の荒野】に移動する。

『クククッ、必ずこの封印から抜け出し、あらゆる手段であの小娘を犯し、辱め、壊し、最後に抜け殻となった体を我が依代にしてくれるわ！』

一応、悪魔などを捕縛する魔導具だが、流石に大悪魔となると完全封印とはいかないようだ。

時間経過による劣化や、宝玉内部で魔力を回復した大悪魔が自力で封印を破る可能性もある。

『その後は、貴様らをこの世とも思えない地獄に落とし！　我に盾突いたことを後悔させてやる！』

既に、封印の宝玉内部から念話を飛ばせる程度には、魔力が回復している。

その魔力生産能力は流石と言えるだろう。

「黙るのです。正直、不愉快なのです。その球を叩き割りたいのです」

「テト、叩き割ったら悪魔が出てきちゃうわよ」

「そうだったのです」

そんな軽口を叩きながら、私とテトは、社交界用のドレスから普段着に着替えて、マジックバッグに溜め込んだ【魔晶石】があるのを確認して【虚無の荒野】の中心地に移動する。

そこは、最初にセレネと一緒に暮らしていた場所であり、今では、世界樹を中心とした幾つもの木々が生える小さな林となっている場所だ。

『小娘たち、このような場所に我を連れて来て何をする気だ』

「この辺で良いかしらね。――《クリエイション》！」

私は【魔晶石】に貯めた100万魔力を使い、魔力変換装置を創り出す。

魔石や魔晶石を分解して、魔力を大気中に放出する魔導具である。

『なんだ、その装置は？　我の封印強化装置など無駄だ！　どれほど時間が経とうとも我は復活し、貴様らが輪廻転生して、別の人生を歩もうともその魂を喰らってくれるぞ！』

そう言って、未だに高笑いし続ける大悪魔に対して――

「いい加減うるさいのです」

「そうね。それじゃあ、セッティング完了。――ポチッとな」

装置に大悪魔を封印した宝玉を設置して、起動ボタンを押す。

『ぐわぁぁぁぁぁぁっ！　我の魔力が、吸われていく！　これでは復活も、ぐわぁぁぁぁぁっ！』

「あー、魔力変換されると苦痛に感じるんだ。まぁ、頑張ってね。さて、私たちも帰って寝ようか」

「はいなのです！」

『待て、どういうことだ！　魔力変換とはなんだ！　助けろ、もう復讐などは考えない！　消えたくない、死にたくない！　やめろぉぉぉぉっ！』

封印の宝玉の内部に封じられた大悪魔は、限界まで魔力を吸い上げられ始める。

魔力生命体として構成する全ての要素が魔力に変換され、そして大気中に無害な魔力として放出される。

基本不滅の悪魔を滅ぼしつつも、魔力枯渇の【虚無の荒野】に魔力を満たす一石二鳥の方法だ。

その後、最初の三年で魔力変換の苦痛で大悪魔の自我は崩壊し、ただただ魔力を吐き出し続ける。

約１００年後に装置が停止した時、大悪魔は完全消滅していた。

まさに、悪魔も逃げ出すような地獄であった。

32話【いつか来ると覚悟していた別れ】

「久しぶりの夢見の神託ね。こんばんは、リリエル」

『ええ、こんばんは。ふふふっ、やったわね、チセ。【虚無の荒野】の再生完了予測がまた縮んだわ！』

気付けば、夢見の神託の中におり、リリエルが出てきて上機嫌に話し掛けてきた。

『まさか、現世に顕現した悪魔をただ退治するだけじゃなくて、魔力分解して悪魔殺しを達成するなんてね』

「追い返しても面倒くさそうだったから、徹底的に滅ぼそうと思っただけなんだけど……」

『人間の発想力には、驚かされるばかりね。完全に滅する【不死殺し】の剣を創造するには、魔力が足りないための方法でしょうけど、それでも悪魔を滅ぼす道筋を作るんだから』

褒め称えて、悪魔殺しの方法に感心するリリエルに少し気恥ずかしさを覚える。

『それにしても、ここまでの成果を出すとは思わなかったわ』

【虚無の荒野】の魔力生成システムは順調に回っており、植林と世界樹、結界魔導具の三点セットをセッティングして定期的に見回る以外に当面はやることがない。

『それに、もうあの娘を狙う悪魔教団もいないみたいね』

「……そうね。セレネもお披露目の社交界が終わって、本格的に王族として活動するでしょうね」

それなら、【虚無の荒野】と行き来しながら、セレネが成人するまで見守る生活もいいだろう。

その後、何もない空間に【創造魔法】でテーブルを創り出して、お茶やお菓子なども揃えて、リリエルと他愛のないお茶会をする。

セレネのお披露目が一段落したお疲れ会のようなものだ。

そして最後に――

『それじゃあ、また暇ができたら来るわ。今後の発展を楽しみにしているわね』

そう言って、女神とのお茶会が終わり目を覚ますと、夢見の神託のせいでごっそりと魔力が減っていたので、その日は一日休んだ。

そして数日後――社交界の襲撃の後処理を終え、セレネ不在で国王と面会する。

リリエルが教えてくれた通り、悪魔教団の壊滅が改めて確認され、セレネの護衛依頼の報酬の引き渡しとなる。

事前の契約通り、いや、むしろ想定以上である大悪魔の封印を終えた私とテトへの報酬として、

【虚無の荒野】の所有権とは別に、真銀貨50枚を渡された。

「ねぇ、これ多過ぎじゃないの？」

「いや、正しい金額だ。宮廷魔術師たちと試算した結果、Aランク冒険者10人で大悪魔を討伐し、更に封印した場合の評価額だ。もちろん、封印魔導具の値段も加味してある」

むしろ大悪魔の討伐にAランク冒険者10人以上が必要であり、封印準備などを加味すれば、安いらしい。

「そう……ありがたく受け取っておくわ」

現金と土地の所有権を受け取った私は、ふぅと長い溜息を吐き出す。

そして、少しだけ私たちの間に無言の空気が流れた後、国王から話を切り出す。

「良ければ、だ。二人が良ければ、チセ殿には宮廷魔術師、テト殿には近衛騎士になってもらえないだろうか」

「陛下……」

そう言葉にした国王に、宰相と騎士団長が更に言葉の先を促すように視線で訴えかけてくる。

「それと、だな。ゆくゆくは二人には、私の側室。それが嫌ならば、私の息子との婚約でも考えてくれぬか？」

私たちの戦力は、Aランク冒険者を逸脱していると感じて取り込みに来たようだ。

だが、それとは別に、国王の視線から色気のようなものを感じる。

「セレネの育ての親って立場を配慮してくれるなら、要らないわ。それに、私たちは自由な冒険者だから、側室になって拘束されることも望まない。それとも何か別の理由があるの？」

私が尋ね返すと、国王は自嘲気味に笑う。

「……確かに、そうした理由もあるが、私がこの女性だと思った人には、本気で誘いを掛ける。二人が大悪魔と対峙した美しさにやられてしまったのだよ」

「それは……なんと言えば良いの？　というか、王妃様や側室たちは愛していないの？」

「いや、愛しているぞ。私の愛は、平等であり、無限だ！」

何だろう、格好いいんだろうけど残念臭がする。

そして、その無限の愛を向ける先に私も居るのかぁ……

「私は、本気だぞ」

「…………ごめんなさい。断らせてもらうわ」

「テトも興味ないのです」

私とテトが断ると国王は、ふぅと脱力するようにソファーに背を預ける。

「ははは、振られてしまったな」

そう笑うが、悲しんでいる様子もない。

やはり恋多き人は、その分失恋の回数も多いのだろうか。

私には、恋はよく分からない。

「仕方がないか。今晩は、アリアに慰めてもらうか」

アリア様――王妃様だろうか。

セレネがこちらに来る時に、よく話してくれる新しい義母の話だ。

彼女から生前のセレネの母・エリーゼ様の話を聞いたりして、懐いているようだ。

「ふむ。では、穏便に話を終えようと思ったのだがな……残念だ」

先ほどまでの親しみを感じる雰囲気から一変して、威厳と威圧の籠った国王の口から言葉が紡がれる。

「――【創造魔法】を持っているな」

セレネを守り、大悪魔を封印するために、【封印の宝玉】を創造して見せたのだ。

もしかしたら、と思ったが、やっぱり気付かれたようだ。

【転移門】や【残魂の水晶】を含む【虚無の荒野】で発掘した魔導具とは、嘘だな。その【創造魔法】を隠すためのカモフラージュか」

「……ええ、そうよ」

沈黙しても否定しても確信を持っている国王には無意味と思い、開き直り肯定する。

「魔女様……」

「大丈夫よ、テト」

不安そうにするテトに私がそう答えると、国王は非常に複雑そうな表情を作る。

「穏便にただの宮廷魔術師として、もしくは王族の妻の一人として生涯【創造魔法】を使わせずに過ごさせれば、知らないことにして過ごせた」

先ほどまでの遣り取りは、国王なりの優しさだったのだろう。

だが――

「文献によれば、【創造魔法】は、非常に危険なスキルだと言われている」

「ええ、そうね」

【創造魔法】を持つ者が悪意に満ちていたなら、幾らでも人を、社会を破壊できる。

大量の貨幣を創造すれば経済を破壊でき、大量の武器や食料を裏組織や革命軍に提供すれば、国を容易に転覆できる。

一般人程度の魔力量なら【創造魔法】で創れる物は高が知れているが、既に【転移門】や【残魂の水晶】、【封印の宝玉】など希少な魔導具の創造を知られている。

私の経歴を調べれば、アルサスさんに渡した聖剣【暁天の剣】も私の【創造魔法】で創られた可能性に行き着くだろう。

「私は、娘の恩人を排除したくはない。そして、【創造魔法】の存在を他国や他の組織に知られれば、今度は別の理由でセレネが狙われてしまう」

【創造魔法】を持つ人間を確保し、操るために、親しい人間を人質に取る。

その親しい人として挙がるのは、セレネだろう。

折角、【悪魔教団】に狙われずに済んだのに、今度は私の【創造魔法】が原因で狙われる可能性がある。

この異世界で生き抜くために転生時に選んだ【創造魔法】が、大事な義娘のセレネとの別れの原因になるのだ。

「……わかった。私とテトは、このまま去るわ」

「……本当に、すまぬ」

私は、とある物を国王に預け、【転移門】の機能を停止させた後、イスチェア王国の王都を後にするのだった。

SIDE：セレネ

私の王族としてのお披露目。そして、悪魔教団の襲撃。その後始末を終えて日常が戻ってきた。

私がお姫様だってお披露目してからは、毎日が忙しなく過ぎていく。

『セレネ、お金や力を持っても振り回されちゃダメよ。それを使う時、なぜ、どうして、どんな影響があるのか考えるのよ』

チセお母さんの言葉――それは魔法の力以外にも王族としての権力についても同じだった。

王侯貴族としての勉強や礼儀作法。

突然持ってしまった権力の影響が分からない私は、慎重に一つ一つ確かめて理解してきた。

平民と同様に暮らしていた点では、普通のお姫様じゃない。

けど、チセお母さんのお陰で教えてもらった高度な回復魔法と勉強は、とても役に立った。

それから、私は本来の時間を取り戻すように、少しずつ王族としての生活に慣れていく。

お父様と語らい、お母様を知る王妃様からお声がけをもらい、お墓参りをして初めてエリーゼお母様に会った。

異母兄弟姉妹たちとも仲良くなり、自分は王族としてここに居ても良いと実感する度に、チセお母さんとテトお姉ちゃんと居る時間が減っていく。

寂しさはあった。

王族としての生活は、慣れなくて辛いものもあった。

それでも【転移門】のお陰で、お母さんたちと暮らした家と繋がっている安心感があった。

できれば、チセお母さんとテトお姉ちゃんも一緒に――そう願っていた。

そして、チセお母さんとお父様が話し合いをした日、【転移門】が停止したのだ。

「あれ？　なんで……なんで帰れないの？」

いつものように【転移門】に手を伸ばすが、あの荒野の私たちの家に戻れない。

「……セレネよ。チセ殿から手紙を預かっている」

そして、震える手でお母さんからの手紙を開き、読み上げて涙が零れる。


『セレネへ。


悪魔教団の脅威は去り、王族としてのお披露目が終わったわね。

本当はあなたが成人するまで見守りたかったけど、訳があってその役目は少し早いですが、国王陛下たちに託そうと思います。

セレネの周りには、色々な人がいるでしょう。

国王や王妃様、異母兄弟姉妹たち、お付きの騎士やメイド。それに城下町に出れば、治療院のシスターたち。

彼らがこれからあなたを育て、導くでしょう。

それに、王族となったあなたの陰に、出生不明の冒険者である私やテトがいるのは、きっとこれからのあなたの輝かしい未来に影を落とすために、いない方がいいと思います。

だから、【転移門】を閉ざしました』

「そんな、帰れないの？　お母さんとテトお姉ちゃんと過ごしたあの家に！　お母さんたちに！」

私は、突然の別れに涙が止まらなかった。

そして、次の手紙を目にする。

『セレネ。私とテトは、あなたと過ごした12年間、とても楽しかった。

母親など初めての経験だったから、あまり母親らしくなかったと思うわ。

それに冒険者としても仕事をしていたから、自信を持って良い母親代わりだったと言えないし、セレネに教えた色々なことが正しかったのか、今でも悩んでいるわ』

「お母さん、そんなこと考えていたの……私にとってお母さんは、お母さんしかいないのに」

私は更に続きを読む。

『私はセレネへの贈り物を国王に預けたわ。一つは【危機察知のネックレス】。これは昔ダンジョンで呪われていたアクセサリーを解呪したものよ。もし、危険が身に迫った時は、色が変わるの。それを目安に、周りの人に頼るように』

「お母さん……」

手紙を読むのに合わせて、宰相のおじ様がお母さんたちから預かったアクセサリーを取り出してくれる。

一つは、お母さんが手紙に書いたネックレスなのだろう。

そしてもう一つは、シンプルな指輪型の魔導具である。

『それともう一つの指輪は、私が創った魔導具よ。効果は、詳細には教えられないけど、正しく所持している人が本当にどうしようもない事態になったら、助けてくれるものよ。もし、本当にどうしようもないことがあったら、どんな場所に居たとしても私が駆け付けるわ』

もう会えない、そう思っていたが、この指輪さえあれば、お母さんと繋がっていられる。

『最後に、セレネ。愛しているわ、幸せにね』

その一言に、突然会えなくなった哀しみや、お母さんから向けられた無償の愛の大きさに涙が止まらない。

そんな私を、お父様たちはただ静かに見守ってくれていた。

33話【繰り返す出会いと別れ】

私とテトは、セレネの住む離宮と繋がる【転移門】の機能を停止させ、王都の民家に設置した【転移門】を回収して家を引き払う。

Aランクの昇格試験も終わり、セレネも本当の親元で暮らし始めた。

【創造魔法】を持つ私がセレネの傍に居たら別の危険がセレネのもとに舞い込みそうなので、王都の各所に挨拶した後、王都を出る。

「魔女様。セレネに渡した指輪は、なんなのですか？」

そんな王都から旅立つ私に、テトがそう尋ねてきた。

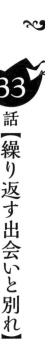

「ああ、あれね。あれは、【創造魔法】で創った守護の指輪よ」

具体的な効果は、周囲の魔力を少しずつ吸い集めて、何らかの危害が加わった際には、貯め込んだ魔力を利用して解毒や結界の構築、治療などが行なわれる高性能な魔導具だ。

更に、本当にどうしようもなくなった時には、【虚無の荒野】の家に強制転移して、私に連絡が入るように指輪に力を持たせてある。

ぶっちゃけ、緊急脱出装置である。

「まぁ、セレネが困った時の道具よね」

「むぅ。セレネだけ魔女様からそんなものを貰って羨ましいのです」

「いつも私とテトは一緒にいるから要らないでしょ？」

子どもっぽく羨ましがるテトを宥めるが、それでも私が創った何かをセレネが貰ったことが羨ましいようだ。

「それでも、なんだか羨ましいのです」

「それじゃあ、今度テトのために、何か創ってあげるわ」

「良いのですか！　やったぁ、なのです！」

【創造魔法】の存在がバレたのだ。

しばらくは、【虚無の荒野】で大人しくしていた方がいいだろう、と思う。

「寂しくなるのですね」

テトがふと王都を振り返り、そう呟く。

「ええ、でも私たちの人生には、これからこういうことが多いんでしょうね。まぁ、とりあえず【虚無の荒野】に戻らないとね。――《テレポート》！」

私もしんみりとした気持ちで言葉を零し、王都から出て、しばらく歩いた人目がないところで転移魔法を使う。

軽い浮遊感と共に、周囲を木々に覆われた家の前に辿り着く。

「王都から【虚無の荒野】まで片道の転移で私の魔力じゃ足りずに、【魔晶石】の魔力も使ったけど、結構キツイわね」

その場でしゃがみ込み、久しぶりに大量の魔力の消失にぐったりとする。

片道、約30万魔力だろうか。気軽には使えない。

それに制限としては、一度行ったことがある場所や転移先の座標や目印となる物が必要になる。

例えば、馴染みの場所やセレネに渡した指輪などがそれになる。

「さて、帰ってきたけど、なんか変な感じね」

毎日覧いでいるが、【転移門】からの帰還ではなく、家の前に転移して家の扉からの帰宅はまた違った感覚を覚える。

「ただいま」

「ただいまなのです！」

私たちの声に裏庭で農作業をしていたクマゴーレムたちがやってきて、不思議そうにこちらを見ている。

その姿にフフッ、と笑みが零れてしまう。

「…………魔女様？」

テトが私に声を掛けてくるが、それを無視して家の裏手に回れば、家庭菜園と洗濯場がある。

瞼を閉じれば、そこでセレネと一緒に野菜を収穫したり、洗濯物を干した記憶が思い出される。

次に家の中に入れば、一緒に料理を作った台所と誕生日を祝った食卓を指先で撫でる。

そして、窓辺の棚には、セレネにプレゼントした魔導写真機と三人で撮ったピクニックの写真、そしてセレネが大事にしていた犬のヌイグルミのハリーが飾られていた。

「ああ、セレネの大事な物……ここに置いたままにしちゃったわ。届けないとね」

色褪せたヌイグルミのハリーと写真を掴み、王宮に繋がっていた【転移門】に一歩向かい、足を止める。

【創造魔法】を持つ私と関わった証拠があると、セレネを危険に晒すかもしれない。

だから私は、セレネと別れることがセレネの幸せに繋がると判断した。

それに間違いはないはずだ。

だから、離宮に繋がる【転移門】を遠隔操作で破壊したのだ。

それなのに、後悔が後から後から押し寄せてくる。

セレネとの別れは……寂しい、悲しい。

本当は、もっとセレネと一緒に居たかった、もっとセレネの成長を見守りたかった、こんな形で別れたくなかったという気持ちが止まらない。

セレネとの思い出の詰まった家、そして思い出の品々を胸に抱き、泣き崩れる私をテトが支えてくれた。

「魔女様、泣いていいのです、泣いていいのです」

「うっ、っっっっっ」

自身の選択に対して、湧き出す後悔と共に泣き声を押し殺す。

そんな私を慰めてくれたテトの腕の中で気絶するように眠った。

そして一晩が経ち、目が覚めた私は、セレネとの思い出が詰まった家全体に状態保存の魔法を掛けていく。

セレネとの別れは、寂しい。

不老化してしまった私と寿命不明のゴーレム娘のテト。

これから様々な出会いや別れ、変化があるだろう。

その変化を楽しみ、また寂しく、悲しく感じるだろう。

だから、自身の拠り所となる思い出は大事に残すけれど、私たちは切り替えていかなきゃいけない。

「さて、冬前に間に合ったし、春先まで休んで、来年から頑張りましょう」

「おー、なのです！」

私たちは、思い出を拠り所に立ち止まるかも知れない。

だけど、これからも長い人生の旅を歩き続けなければいけないのだ。


…………

……

：

そして、6年後――私は、イスチェア王国の王都の教会の鐘撞き塔からその景色を見下ろしていた。

『おめでとう！』の祝福が人々の口から紡がれる光景。

その日、一組の新郎新婦の結婚式が行なわれていた。

「綺麗ね、テト」

「はいなのです！　本当にセレネは、綺麗になったのです！」

今日の結婚式は、私たちの娘であるセレネの結婚式だ。

この六年間を、セレネは無事に過ごした。

多くの人に支えられ、指輪の効果が発揮されることなく今日という日を迎えた。

新郎は、【虚無の荒野】に近い辺境の領地を持つリーベル辺境伯の息子さんだ。

辺境で魔物が多く、また獣人国との国境に近い地域でもある。

セレネの生い立ちを考えれば、獣人差別のない価値観の持ち主である。

また、魔物との戦いが多い辺境という土地柄に、高度な回復魔法の使い手の必要性。

更に、私たちの拠点である【虚無の荒野】と距離が近いという点。

それらの理由でセレネは、リーベル辺境伯家に嫁ぐことになった。

「立派な淑女になって、嬉しいわ」

美しいウェディングドレスを身に着けて、綺麗に着飾った大人のセレネを見られたことは、嬉しく思う。

それと同時に一番女性として花開く時期を間近で見られず、そして身長や胸を追い越されてしまった寂しさがある。

「素敵ね。それじゃあ、私から贈り物をしましょうか。――《イリュージョン》！」

幻影や変装を生み出す光魔法を結婚式のこの場に映し出す。

それは舞い降る幻のフラワーシャワーだ。

退場する新郎新婦の頭上から降り注ぐ大量の花吹雪の祝福に、多くの人たちが感嘆の声を漏らす。

「……お母さん？　テトお姉ちゃん？」

そして、その幻のフラワーシャワーがどこから降っているのか空を見上げたセレネと新郎のリーベル辺境伯子息が、鐘撞き塔から見下ろす私とテトを見つけた。

「セレネ、結婚おめでとう」

「おめでとうなのです」

私は、セレネの耳元だけに祝いの言葉を届けた。

「来てくれてありがとう、お母さん、お姉ちゃん」

そして、セレネの言葉を魔法で拾い上げた後、私とテトは、その場から転移して去る。

後には、大勢の人たちに祝福される素晴らしい新郎新婦の結婚式が行なわれたのだった。

魔力チートな魔女になりました
a Witch with Magical Cheat
創造魔法で気ままな異世界生活

Extra

番外編【セレネの独白】

王族としてのお披露目の後、チセお母さんとテトお姉ちゃんが私の前から姿を消した。

お父様たちに手紙を託し、私が育ったあの家と繋がる【転移門】が閉じたままになってしまった。

「お母さん……お姉ちゃん……」

いつか来ることは分かっていた。

だけど、それが突然過ぎて、悲しくて、寂しくて、三日三晩部屋に籠って泣いた。

心配して、私の事情を知っているメイドや護衛騎士が声を掛け、お父様や新しいお母様になる王妃アリア様が私の部屋までやってきて声を掛けてくれる。

泣き疲れて眠り、そして目が覚めてお母さんたちが居ないことにまた泣いた。

そして、四日目の朝に目が覚めて気付く……お腹が空いたことに。

「ああ、そうだ。明日は来るんだ……」

ぽつりと呟いた私は、小さい頃の出来事を思い出す。

ガルド獣人国の保育院で友達と喧嘩した事があった。

保育院では、朝から夕方まで預けられ、同じ子どもたちと一緒に遊んだりして過ごした。

そんな保育院で仲のいい友達と喧嘩して、そのままお母さんが迎えに来て別れたことがあった。

喧嘩して悲しくて、それと一緒に喧嘩したことが申し訳なくて、友達とは合わせる顔が無くて、食欲も無くて。

夜中に泣いて、もう保育院に行きたくないと話したことがある。

『お母さん、お腹空いた……』

『そう。それじゃあ、ご飯にしましょう』

『魔女様～、テトはフワトロの甘いパンが食べたいのです！』

『はいはい。それじゃあ、フレンチトーストにしましょうか。ハチミツたっぷりのね』

あの頃は見上げていたお母さんの後ろ姿を見ながら、朝ごはんが出来るのを待ち、そして三人でフワトロの甘いパンを食べた。

『セレネ。どんなに悲しくても、辛くても、明日は変わらずやって来る。だからね、ちゃんとお日様に向かって胸を張れるように、悔いがないように過ごしなさい』

お母さんは、パンを必死に食べる私に対して、ただ優しくそう諭してくれた。

あの時は意味が分からなかったけど、ただ喧嘩した事をずっと悩み続けてちゃダメだ、ってことは分かったから、次に友達に会った時、ちゃんとごめんなさい、って謝った。

そしたら、友達も謝ってくれて互いに許して、仲直りすることができた。

もし、あの時謝らなかったら、友達から謝ってくれたのだろうか。

それとも互いに謝らずに、ずっと苦しい気持ちを抱えていたのだろうか。

「お日様に向かって悔いなく過ごす」

今は、お母さんの言葉が少し分かった気がする。

悲しいのは仕方がない。だけど、お母さんやテトお姉ちゃんを理由にいつまでも引き籠ってちゃいけないんだ。

「ご飯を食べよう。それから心配してくれた人たちにちゃんと謝って、頑張ろう」

俯いたままだとお母さんとテトお姉ちゃん、それにエリーゼお母様にも合わせる顔がない。

赤くなった目元を自前の回復魔法で癒やし、部屋から出て心配してくれた人たちにちゃんと謝った。

そして、王族として学び、教会での奉仕活動などを続ける。

女性の王族として、お茶会や社交界、話術、流行などについて王妃様や教育係の人たちから学ぶが、どうしてもチセお母さんとテトお姉ちゃんと暮らしていたために、その辺りはあまり得意にはならなかった。

どちらかと言うとチセお母さんから学んだ学問の方に面白さを感じたので、お父様にそうした講師を付けてもらい、より専門的に学ぶことが多かった。

ただ、お母さんから日常の中で教えてもらったことを専門家の講師たちに話したところ、専門家たちが目から鱗が落ちるような表情を浮かべ、その内容について検討し始めるのには驚いたし、おかしかった。

「本当に、お母さんの知識ってどこから来てるんだろう……」

改めて分かるチセお母さんの凄さを感じながらも、市井に紛れて育っていた王族のために、お茶会や社交界は最低限に、教会での奉仕活動が中心となる。

その際、私と同年代の新人シスターの女の子と友達になったり、彼女に回復魔法を教えて、共に治療院で働いたりもした。

その中で、その友達のショックな出来事として、人の死があった。

私は、なるべく死なせないように、そして死を免れられない時は、なるべく苦しまず、安らかになるように回復魔法を使っている。

その女の子が担当した患者は、傷は治療したが、治療後の経過が良くなくて亡くなった。

それから私たち治療院のシスターたちは、何が原因だったのか、次に同様のことが起きた時、どう対処すべきか考えた。

時に、人体に対しての造詣が深い医師や解剖学者などを呼び、共同研究を依頼した。

「王族として、恥じない立場と権力の使い方」

私が積極的に、自分の立場を使った時かもしれない。

王女として、特定の誰かを呼びつける。

それは私欲を満たすためではなく、誰かを救う可能性を上げるために必要なことだった。

自分がやらなければ誰もやらないことだから、私は私の権力を使った。

また、私たちの活動を見守って下さったマリウス枢機卿が、私たちのために教会の魔法書を閲覧させてくださった。

そして、その魔法書に書かれていた他者の身体能力を強化する《ブレス》の魔法に私たちは着目した。

他者を魔力で強化する《ブレス》の魔法を部分的に掛けることで、患者のその後の回復を良好とする方法だ。

以前、馬車で酔った私の背中をお母さんが撫でてくれた時、スッと気持ち悪さがなくなったことがあった。

あれは、酔いの原因である部位を外部から強化したからだと言われたが、感覚的にそれを使いこなせるお母さんは凄かった。

だから私たちは、誰にでも使える画一的な魔法にすることを目指した。

最初は、《ブレス》の魔法を劣化させ、誰でも扱えるように改良するのに苦戦した。

《ブレス》の魔法は、他者を強化する戦闘用の魔法であるために、かなりの魔力を消費する。

だが、効果を弱くして、発動する部位を限定したことで、一度の消費魔力を５００まで減らすことができ――《レッサー・ブレス》の魔法を完成させることができた。

それにより《レッサー・ブレス》の魔法で、怪我や病気で内臓が弱った患者の消化器官を部分強化し、効率良く食べ物の栄養素を吸収して治療後の回復を促すことができるようになった。

開発した《レッサー・ブレス》とそれを使った治療法は、身体機能の弱った高齢者や生まれつき内臓の弱い人たちの救いとなった。

その魔法の開発の中心に居た私は、14歳の時に五大神教会から新たな聖女として認定され、教会の魔法書を貰うことができた。

その際に、新たな聖女の誕生を見に来た、とある人物と面会する。

「初めまして、セレネリール王女様。私は、神父のパウロと申します」

「はじめまして、パウロ神父様。本日は、会っていただき、ありがとうございます」

私がお母さんに育てられる前、お母さんが深く関わったダンジョン都市の孤児院救済について知りたかった。

そんな折りにダンジョン都市アパネミスの教会を管理するパウロ神父が、彼の後継者をマリウス枢機卿に紹介するために王都までやってきたのだ。

そこでマリウス枢機卿に頼み、パウロ神父と彼の後継者である体格のいい男性と話す機会を設けてもらった。

そこで私は、お母さんの知らない一面や、お母さんらしい一面を知ることができた。

孤児たちに手に職を持たせようなどとは、お母さんらしい考えにクスッと笑ってしまい、子どもたちに囲まれて走り回るテトお姉ちゃんの姿を想像して羨ましく思う。

それからパウロ神父の後継者である男性は元冒険者であり、チセお母さんたちの戦う姿を見ていたとのことで、その迫力のある話には興奮させられた。

なにより、お母さんがダンジョンのスタンピードに立ち向かった話は、初めて聞いた。

一週間も続くダンジョン内での初めての防衛戦では、淡々と魔法を放って魔物を倒す魔力の持久力と火力――強力な魔物が出ても逃げ出さない胆力は、凄かったそうだ。

そんな楽しい話をする一方、お父様やお兄様たちが私の婚約者の選定を行なっている。

14歳にして婚約者の選定は、王族としては少々遅いが、それには私の幼少期の事情が絡んでくる。

それに優良な貴族の男性というのは、早々に婚約者を決めているそうだ。

「まぁ、結婚できなくてもいいかなぁ……」

教会での奉仕活動も楽しいし、ある程度の年齢になったら教会に入るのもありかも……などと思ってしまう。

魔力量も3万と宮廷魔術師のお爺様の魔力量と並び、100歳以上は生きるだろうな、と思い、結婚は半ば諦めていることを伝えると、私付きのメイドに泣かれてしまった。

「私は、姫様のお子様をこの手に抱くことを夢見ております！　そのようなことを仰らないで下さいませ！」

「ご、ごめんなさい」

そして、忙しなく教会の奉仕活動に、学問に魔法の改良にと行なっていたら、私の婚約者が決まった。

リーベル辺境伯の嫡男のヴァイス様だ。

辺境伯は、辺境という土地柄から独自の権力と武力を持っている。

北方のムバド帝国や魔物の領域、北西の小国群などを押さえ込む要の貴族家だが、他国との交易品もやってくるために、優良な家とも言える。

「なんだか、ヴァイス様と楽しくやっていけそうな気がする」

幼少期にチセお母さんから魔法、テトお姉ちゃんから【身体剛化】の護身術を習っていたが、今でも腕が鈍らないように扱っている。

そんなお姫様らしくないお転婆な私だが、武門の家柄である辺境伯家からはとても歓迎された。

その時の歓迎の様子を思い返して、ちょっと複雑な気分になる。

チセお母さん、テトお姉ちゃん。幼い時にもう少し女の子らしく育てて欲しかったです。

たまに、こんなお転婆な婚約者の私が愛想を尽かされないか不安になります。

そんな感じで婚約者が決まったが、そこでも不思議な縁に恵まれた。

「えっ、セレネ様の養母様って、あのオーガ殺しのチセたちだったのか⁉　それじゃあ昔、チセたちが抱えていた赤ん坊が、うちの若様の婚約者になるのか⁉」

ヴァイス様の護衛である元冒険者のライルさんは、お母さんがまだ駆け出しの冒険者だった頃を知っているらしい。

あの頃は、森から現れたオーガたちを瞬殺したとか、そんな荒々しい話に驚いた。

それに冒険者ギルドでお母さんたちと会ったライルさんたちは、まだ赤ん坊だった私とも会っていたらしい。

更にヴァイス様の紹介で出会った、とある村の特産品を販売しに来た御用商人は――

「えっ、チセさんに育てられたんですか!? それじゃあ、沢山オマケしないと！」

昔、依頼で受けた村の開拓がチセお母さんたちのお陰で成功し、更にお母さんたちが持っていたシャボン・リーフから作った高級石鹸が、村の貴重な特産品になっているらしい。

その高級石鹸の香りは、あの乾いた荒野での生活で使っていたお風呂場の石鹸の匂いを思い出させてくれる。

そして、開拓村でのお母さんたちの話も聞けて、その夜はシャボン・リーフの香りに包まれて眠った。

最後に、私の結婚式前夜の社交界では――

「セレネリール王女、お久しぶりです」

「お久しぶりです。ギュントン殿下」

私と婚約者のヴァイス様が共に歓談しているところに、ガルド獣人国の第三王子であり、外交官でもあるギュントン殿下がやってきた。

「あの時の小さな少女が立派な淑女となったことを嬉しく思う」

「ありがとうございます」

「それに、獣人たちに対して隔意がない女性がリーベル辺境伯に嫁いでくれることを嬉しく思うよ」

そう言って若干強面なギュントン殿下が、優しげな表情で私たちを見ている。

「それからチセ殿のことなのだが……」

こっそりと声を潜めるギュントン殿下の言葉に、私が胸元で手を握り締めたら、婚約者のヴァイス様が優しく手を握ってくれた。

私をお父様たちに託したチセお母さんのことを調べるのは、いけないことだろうと思って、今のお母さんたちが何をやっているか聞かないようにしていたが、それでもやっぱり知りたいと思ってしまう。

「セレネリール王女を託された後、1年ほど荒野に引き籠り、その後は依頼で獣人国内を飛び回っている。その行く先々でも色々とお節介を焼いているようだ」

そう言って困ったように笑うギュントン殿下に、私もふっと力が抜けてお母さんらしいと思って笑ってしまう。

そして、ガルド獣人国にいるという事は、明日の結婚式には、お母さんは来られないだろう。

深夜、結婚式前夜の眠れない夜に私は、あの【転移門】の前まで来ていた。

離宮の【転移門】は、あれから壊れたままだし、王都の民家に設置していた【転移門】も回収されていた。

時折、繋がらない【転移門】が繋がり、あの頃の家でお母さんとお姉ちゃんたちが待っている夢を見る。

「チセお母さん、テトお姉ちゃん、会いたいよぉ……」

結婚式は、チセお母さんとテトお姉ちゃんにも見てもらいたい。

そう思いながら、繋がらない【転移門】に向かって弱音を零す。

右手に嵌めたエリーゼお母様の形見のミスリルとユニコーンの指輪と、チセお母さんたちが私に残してくれた指輪を左手で包み込むようにして祈る。

できれば、二人に会いたい。

けれど、どこに居るかも分からないお母さんたちを呼ぶ方法はなく、また私の立場では気軽にお母さんたちには会えない。

そして、結婚式当日を迎えた。

「アルバードお父様、アリアお義母様。私は今日、結婚します」

結婚式会場で私は、お父様たちに挨拶をしていく。

私は、多くの人たちに祝われながらも、どこか心の底で寂しさを感じている。

お母さんたちに、もう一度会いたい。

その気持ちに蓋をしたまま、結婚式は恙《つつが》なく進む。

そして最後に、教会から退場する時、頭上から大量の花が降ってくる。

「沢山のお花？」

こんな演出はあっただろうか、と花に手を伸ばすと、ふっと手をすり抜ける幻影の花だ。

それがどこにあるのか、視線で追っていくと鐘撞き塔で、見慣れた黒い三角帽子とローブを着た女の子が掲げた杖から幻の花が生み出されており、その隣に健康的な小麦色の肌を持つ美少女が寄り添っていた。

「……お母さん？　テトお姉ちゃん？」

私がそう呟くと、婚約者……いえ、夫となったヴァイス様が腰を抱き、共に鐘撞き塔を見上げた時、耳元に一陣の風が届いた。

『セレネ、結婚おめでとう』

『おめでとうなのです』

お母さんは、私の耳元だけに祝いの言葉を届けてくれた。

「来てくれてありがとう、お母さん、お姉ちゃん」

そして、私の言葉が届いたのだろう。微笑んでいるお母さんたちは、その場から転移して帰っていった。

最後まで見ていって欲しい気持ちはあったが、同時に甘えてはいけないという気持ちもあった。

これ以上は望めないほど、今日は人生で一番いい日だ。

「お母さん、お姉ちゃん、大好きだよ」

あとがき

初めましての方、お久しぶりの方、こんにちは。アロハ座長です。

この本を手に取って頂いた方、担当編集のIさん、作品に素敵なイラストを用意してくださったてつぶた様、また出版以前からネット上で私の作品を見て下さった方々に多大な感謝をしております。


久しぶりのあとがきと言うことで、前巻のことを少し語ろうかと思います。

Ｗｅｂ版の２章に相当する内容は元々の文章量が少なく、大幅な加筆修正を行ないました。

作者本人がノリノリで加筆した結果、ページ数がギリギリとなり、あとがきを載せるページ数が足りずに泣く泣く見送ることにしました。

あとがきを楽しみにしていた方々が居ましたら、申し訳ありませんでした。

続いて今巻である３巻に関しては、Ｗｅｂ版でも評価のいい話だったと同時に、この展開には少し納得しないという感想も多々寄せられました。

個人的にも指摘されて気付かされた部分であり、その感想をフィードバックし、更に担当編集のIさんのご意見を頂いて納得感を得られるように加筆修正を行ないました。

また3巻に登場したクマゴーレムたちは、てつぶた様がテトのキャラデザを作る時にボツになった物を採用させていただきました。

テトの初期キャラデザ案には、いくつかの髪型パターンがありました。

それをゴーレムの頭部にも反映するという設定で、お団子の髪型を反映した耳付きのゴーレムのキャラデザを見た時、『惜しい』と素直に思いました。

テトのキャラクター性を考えると髪型は、お団子ではなくゴールデンレトリーバーのような元気な犬の垂れ耳を思わせるアホ毛＋短いツインテールになりましたが、愛嬌のあるクマゴーレムのデザインに対して、いつか絶対に作中に登場させようとずっと思っており、今回それができて良かったです。

この『魔力チートな魔女』は、不老の魔女のチセを描いた物であり、この巻での出会いと別れの後にもチセの物語は続いていきます。

皆様には、ぜひチセとテトの旅の行く末を引き続き見守って頂けたらと思います。

これからも私、アロハ座長をよろしくお願いします。

最後に、この本を手に取って頂いた読者の皆様に改めて感謝を申し上げます。

GC NOVELS

魔力チートな魔女になりました
a Witch with Magical Cheat
創造魔法で気ままな異世界生活 3

2020年9月6日初版発行

著者 アロハ座長

イラスト てつぶた

発行人 武内静夫

編集 伊藤正和

装丁 森昌史

印刷所 株式会社平河工業社

発行 株式会社マイクロマガジン社
〒104-0041 東京都中央区新富1-3-7 ヨドコウビル
［販売部］TEL 03-3206-1641／FAX 03-3551-1208
［編集部］TEL 03-3551-9563／FAX 03-3297-0180
http://micromagazine.net/

ISBN978-4-86716-048-0 C0093

本書は小説投稿サイト「小説家になろう」(https://syosetu.com/) に掲載されていたものを、
加筆の上書籍化したものです。

ファンレター、作品のご感想をお待ちしています！

宛先 〒104-0041 東京都中央区新富1-3-7 ヨドコウビル
株式会社マイクロマガジン社 GCノベルズ編集部「アロハ座長先生」係「てつぶた先生」係